ESPÍRITOS
Rebeldes

Título original: *Spirits Rebellious*
copyright © Editora Lafonte Ltda. 2024

Todos os direitos reservados.
Nenhuma parte deste livro pode ser reproduzida por quaisquer meios existentes sem autorização por escrito dos editores.

Direção Editorial *Ethel Santaella*

REALIZAÇÃO

GrandeUrsa Comunicação

Direção *Denise Gianoglio*
Tradutor *Ivar Panazzolo Junior*
Revisão *Luciana Maria Sanches*
Capa, Projeto Gráfico e Diagramação *Idée Arte e Comunicação*

	Dados Internacionais de Catalogação na Publicação (CIP) (eDOC BRASIL, Belo Horizonte/MG)
	Gibran, Khalil, 1883-1931.
G447e	Espíritos rebeldes / Khalil Gibran; tradução Ivar Panazzolo Junior. – São Paulo, SP: Lafonte, 2024. 112 p. : 15,5 x 23 cm
	Título original: Spirits Rebellious ISBN 978-65-5870-571-0 (Capa A) ISBN 978-65-5870-575-8 (Capa B)
	1. Ficção libanesa. 2. Filosofia. I. Panazzolo Junior, Ivar. II. Título.
	CDD L892.73
	Elaborado por Maurício Amormino Júnior – CRB6/2422

Editora Lafonte
Av. Profª Ida Kolb, 551, Casa Verde, CEP 02518-000, São Paulo-SP, Brasil – Tel.: (+55) 11 3855-2100
Atendimento ao leitor (+55) 11 3855-2216 / 11 3855-2213 – atendimento@editoralafonte.com.br
Venda de livros avulsos (+55) 11 3855-2216 – vendas@editoralafonte.com.br
Venda de livros no atacado (+55) 11 3855-2275 – atacado@escala.com.br

ESPÍRITOS
Rebeldes

Khalil Gibran

Tradutor
Ivar Panazzolo Junior

Brasil, 2024

Lafonte

SUMÁRIO

Senhora Rose Hanie.................6

O Lamento das Sepulturas 30

Khalil, o Herege 46

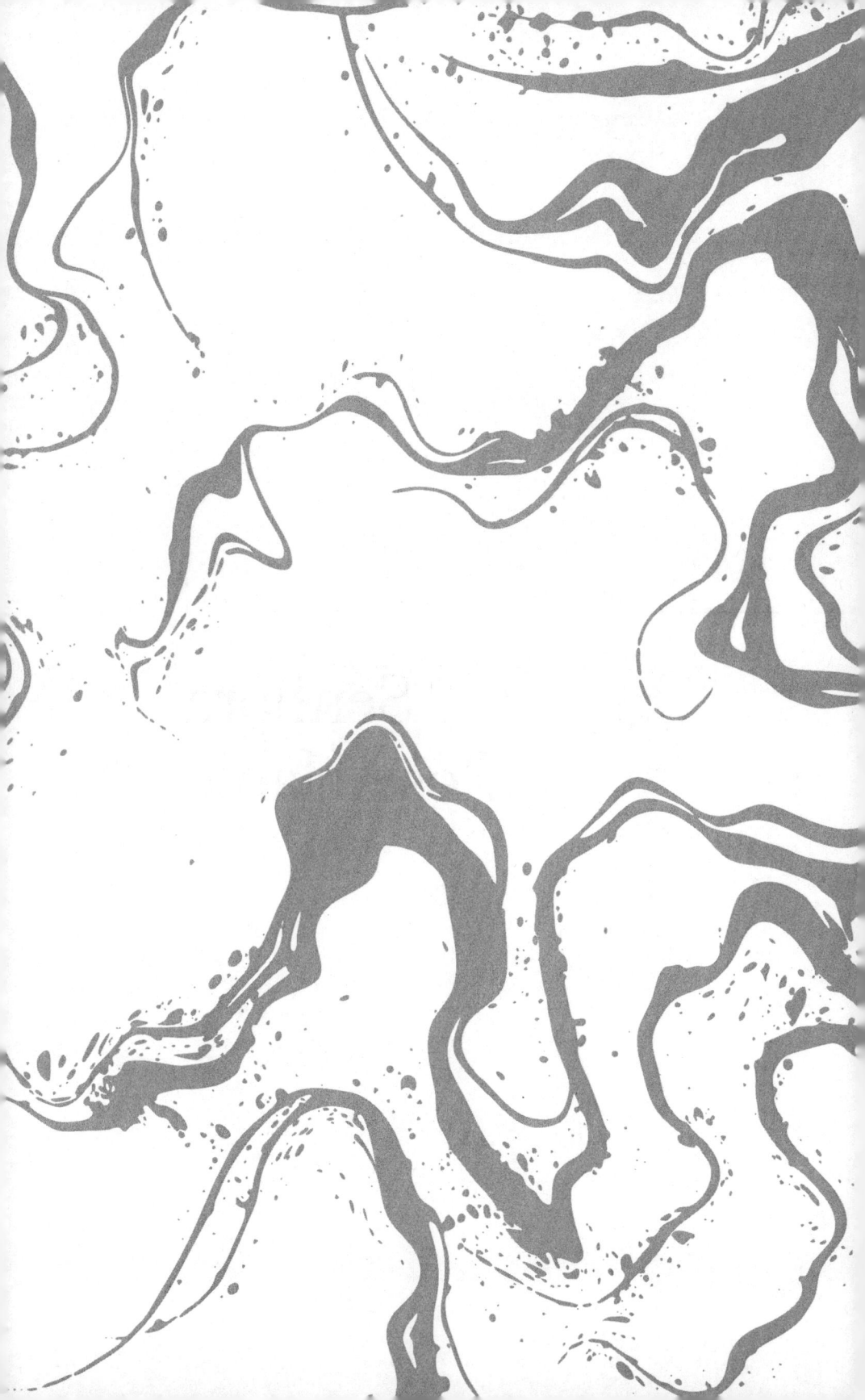

Senhora
Rose Hanie

Khalil Gibran

PARTE 1

Desafortunado é o homem que ama uma mulher e a toma como esposa, despejando a seus pés o suor da própria pele, o sangue do seu coração, e colocando em suas mãos o fruto do seu trabalho e os louros de seu esforço; para descobrir, conforme vai despertando, que o coração que tanto se empenhou para conquistar é dado livremente a outro homem, para que desfrute de seus segredos ocultos e o amor mais profundo.

Desafortunada é a mulher que se ergue da imprudência e do desassossego da juventude e se vê na casa de um homem que a cobre de ouro e presentes preciosos, dando-lhe todas as honras e graças de um entretenimento suntuoso, mas incapaz de satisfazer sua alma com o vinho celestial que Deus derrama dos olhos de um homem no coração de uma mulher.

Conhecia Rashid Bey Namaan desde a juventude. Era libanês, nascido e criado na cidade de Beirute. Como integrava uma família rica e antiga que preservava a tradição e glória da ancestralidade, Rashid gostava de citar histórias que envolviam a nobreza de seus antepassados. No dia a dia, ele seguia as crenças e costumes que, na época, prevaleciam no Oriente Médio.

Rashid Bey Namaan era generoso e tinha bom coração. Mas, como muitos dos sírios, olhava apenas para a superficialidade das coisas em vez da realidade. Nunca dava ouvidos ao que ditava o coração, ocupando-se em obedecer às vozes do seu ambiente. Entretinha-se com objetos reluzentes, que cegavam os olhos e o coração aos segredos da vida; sua alma se afastava de uma compreensão sobre as leis da natureza e se aproximava da satisfação temporária que dava a si mesmo.

Era um daqueles homens que se apressavam em confessar seu amor ou desgosto às pessoas, e que depois se arrependiam dessa impulsividade quando era tarde demais para voltar atrás. E, então, lhe recaíam a vergonha e a zombaria, em vez de perdão ou tolerância.

Essas eram as características que fizeram com que Rashid Bey Namaan se casasse com Rose Hanie muito antes que a alma de Rose abraçasse a alma de Rashid em meio à sombra do verdadeiro amor que torna a união um paraíso.

Depois de alguns anos de ausência, eu retornei à cidade de Beirute. Quando fui visitar Rashid Bey Namaan, encontrei-o magro e pálido. No rosto dele se via o espectro de uma amarga decepção; os olhos tristonhos expunham o coração dilacerado

Khalil
Gibran

e a alma melancólica. Senti curiosidade em descobrir a causa de toda essa penúria, e não hesitei em pedir uma explicação:

— O que aconteceu com você, Rashid? Onde está o sorriso radiante e o semblante feliz que o acompanhavam desde a infância? A morte lhe tirou um amigo querido? Ou as noites escuras lhe roubaram o ouro que você juntou durante os dias claros? Em nome da amizade, diga-me o que está entristecendo seu coração e enfraquecendo seu corpo.

Ele me encarou com uma expressão acanhada, como se eu tivesse revivido imagens ocultas de dias bonitos. Com a voz embargada e preocupada, respondeu:

— Quando uma pessoa perde um amigo, ela se consola com os vários outros amigos que tem; e, se perde ouro, medita por algum tempo e afasta os infortúnios da mente, especialmente ao perceber que é saudável e que ainda está carregado de ambição. Mas, quando um homem perde a paz de espírito, onde pode encontrar conforto e pelo que pode substitui-la? Que mente pode dominar essa sensação? Quando a morte ataca alguém próximo, você sofre. Mas, quando o dia e a noite passam, você sente o toque suave dos dedos macios da vida e, então, você se alegra e sorri.

— O destino chega de repente, trazendo preocupação. Ele o encara com olhos horrendos, agarra-o pelo pescoço com dedos afiados, joga-o no chão e o pisoteia com pés calçados em ferro. Em seguida, ri e vai embora. Mesmo assim, arrepende-se mais tarde das próprias ações e pede obsequiosamente que o perdoe. Depois, estende uma mão delicada para erguê-lo às alturas e entoa a Canção da Esperança, fazendo com que você se desarme. E cria em você um novo entusiasmo pela autoconfiança e ambição. Se sua razão de viver é um belo pássaro que ama muito, você o alimenta alegremente com as sementes do seu eu interior e faz do seu coração a gaiola e, da sua alma, o ninho. Mas, enquanto o admira com afeição e o observa com os olhos do amor, ele lhe escapa das mãos e alça um voo bem alto. Em seguida, entra em outra gaiola, e jamais volta para você. O que se pode fazer? Onde você pode encontrar paz e consolo? Como pode reviver suas esperanças e sonhos? Que força pode acalmar seu coração turbulento?

Depois de dizer essas palavras com a voz entrecortada e o espírito angustiado, Rashid Bey Namaan estremeceu como uma vara verde pega entre o vento norte e o vento sul. Estendeu a mão como se fosse agarrar algo com os dedos dobrados e destruí-lo. Seu rosto enrugado estava lívido; os olhos se arregalaram, vidrados por alguns momentos, e lhe pareceu ter visto um demônio que surgira do nada para levá-lo dali. Então, fixou os olhos nos meus, e sua aparência se transformou

Khalil Gibran

subitamente. A raiva se convertera em sofrimento e agonia intensos, e ele disse com a voz chorosa:

— É a mulher que eu salvei das garras cruéis da pobreza; abri meus cofres para ela e fiz com que fosse invejada por todas as outras pelas belas vestes, gemas preciosas e carruagens magníficas puxadas por cavalos vigorosos; a mulher que meu coração amou e a cujos pés despejei minha afeição; a mulher de quem fui um verdadeiro amigo, companheiro sincero e marido fiel; a mulher que me traiu e me deixou para ficar com outro homem, a fim de, com ele, partilhar a pobreza e comer do seu pão malévolo, sovado com a vergonha e amassado com a desgraça. A mulher que eu amei; o belo pássaro que alimentei e para o qual fiz de meu coração uma gaiola e da minha alma um ninho escapou de minhas mãos e entrou em outra gaiola. Aquele anjo puro, que residia no paraíso da minha afeição e meu amor, agora me parece um demônio horrendo, sucumbido às trevas para sofrer por seu pecado e me fazer padecer na terra pelo crime que cometeu.

Ele cobriu o rosto com as mãos como se quisesse se proteger de si mesmo, ficando em silêncio por um momento. Em seguida, suspirou e disse:

— Isso é tudo que posso lhe dizer. Por favor, não faça mais nenhuma pergunta. Não transforme minha calamidade em uma voz chorosa. Em vez disso, permita que seja um infortúnio calado.

Talvez permaneça em silêncio e me amorteça por dentro, para que eu possa, finalmente, repousar em paz.

Levantei-me com lágrimas nos olhos e misericórdia no coração, despedindo-me silenciosamente. Minhas palavras não tinham força para consolar aquele coração ferido e meu conhecimento não tinha luz para iluminar aquele espírito triste.

Parte 2

Alguns dias depois, tive meu primeiro encontro com a senhora Rose Hanie, em um casebre humilde, cercado de flores e árvores. Havia ouvido falar de mim por meio de Rashid Bey Namaan, o homem cujo coração ela havia despedaçado, pisoteado e deixado sob os cascos impiedosos da Vida. Enquanto observava aqueles olhos belos e brilhantes e ouvia sua voz sincera, eu dizia a mim mesmo: "Será que essa é mesmo a tal mulher sórdida? Será que esse rosto limpo esconde uma alma feia e um coração criminoso? Essa é a esposa infiel? Essa é a mulher de quem falei mal e imaginei como uma serpente disfarçada sob a forma de um belo pássaro?"

Khalil
Gibran

Então, sussurrei de novo para mim mesmo: "Será esse o belo rosto que deixou Rashid Bey Namaan tão amargurado? Não se diz por aí que a beleza óbvia é a causa de tantos dissabores ocultos e sofrimentos profundos? Não é a bela lua que inspira os poetas a mesma que enfurece o silêncio do mar com um o fluxo e o refluxo?"

Quando nos sentamos, a senhora Rose Hanie parecia ter ouvido meus pensamentos. E não queria prolongar minhas dúvidas. Ela apoiou a bela cabeça sobre as mãos e, com uma voz mais doce do que o som da lira, disse:

— Nunca conversamos antes, mas ouvi os ecos de seus pensamentos e sonhos da boca das pessoas. E elas me convenceram de que você é misericordioso e compreende a mulher oprimida, a mulher cujos segredos e sentimentos você mostra clemência. Permita-me revelar tudo que há no meu coração para que você saiba que Rose Hanie jamais foi uma mulher infiel.

— Eu mal havia chegado aos dezoito anos quando o destino me levou a Rashid Bey Namaan, que já tinha quarenta. Ele se apaixonou por mim, conforme as pessoas dizem. Tomou-me como esposa e me levou à sua magnífica casa, colocando roupas e pedras preciosas ao meu dispor. Exibia-me como uma raridade nos lares de seus amigos e familiares; sorria com triunfo quando via seus pares me observando com surpresa e admiração;

erguia o queixo com orgulho quando ouvia as mulheres falando de mim com elogios e afeição. Mas, jamais foi capaz de ouvir os sussurros. "Essa é a esposa de Rashid Bey Namaan ou sua filha adotiva?" E outras pessoas que comentavam: "Se tivesse se casado na idade certa, seu primogênito seria mais velho do que Rose Hanie".

— Tudo isso aconteceu antes que a minha vida despertasse do sono profundo da juventude, antes que Deus me inflamasse o coração com a chama do amor e antes do crescimento das sementes da minha afeição. Sim, tudo isso aconteceu durante o tempo em que eu acreditava que a verdadeira felicidade vinha por meio de roupas bonitas e mansões magníficas. Quando acordei do sono da infância, senti o fogo sagrado arder no meu coração e uma voracidade espiritual roer minha alma, fazendo-a sofrer. Quando abri os olhos, percebi minhas asas se movendo de um lado para o outro, tentando subir ao amplo firmamento do amor, mas estremecendo e se fechando sob o sopro dos grilhões das leis que prendiam meu corpo a um homem antes que eu me desse conta do verdadeiro significado dessa lei. Senti tudo isso, e soube que a felicidade de uma mulher não se faz por meio da honra e da glória de um homem, nem por sua generosidade e estima, e sim pelo amor que une os corações e afeições de ambos, tornando-os um único corpo e uma única palavra nos lábios de Deus. Quando a Verdade se mostrou a mim, vi-me

Khalil
Gibran

aprisionada pela lei na mansão de Rashid Bey Namaan, como uma ladra que roubava seu pão e se escondia nos cantos escuros e aconchegantes da noite. Eu sabia que cada hora que passava com ele era uma mentira terrível escrita em minha testa com letras de fogo perante o céu e a terra. Não podia lhe dar meu amor e ternura em troca de sua generosidade e sinceridade. Em vão, tentei amá-lo, mas o amor é uma força que cria nosso coração, embora nosso coração não seja capaz de criar essa força. Orei e orei no silêncio da noite para que Deus construísse, nas profundezas do meu coração, uma ligação espiritual que me levasse para mais perto do homem que havia sido escolhido como meu companheiro de vida.

— Minhas preces não foram atendidas porque o amor pousa sobre as almas pela vontade de Deus, e não pelas exigências ou súplicas do indivíduo. Assim, permaneci por dois anos na casa daquele homem, invejando a liberdade dos pássaros do campo, enquanto minhas amigas invejavam minhas dolorosas correntes de ouro. Eu era como uma mulher de quem o único filho é arrancado; como um coração lamurioso que existe sem um par; como uma vítima inocente da severidade das leis humanas. Estava à beira da morte pela sede e fome espiritual.

— Num dia escuro, enquanto olhava para o céu carregado, vi uma luz suave brotar dos olhos de um homem que caminhava, desamparado, pelo caminho da vida. Fechei os olhos para aquela luz e disse a mim mesma: "Ó, minha alma, a escuridão do túmulo é o que vos cabe. Não anseie pela luz". Então, ouvi uma bela melodia do céu que reviveu meu coração ferido com sua pureza, mas fechei meus ouvidos e disse: "Ó, minha alma, o desamparo do abismo é o que vos cabe. Não anseie por canções celestiais". Fechei os olhos outra vez para não ver e cobri as orelhas para não ouvir, mas meus olhos fechados ainda viam aquela luz gentil e meus ouvidos ainda escutavam aquele som divino. Pela primeira vez, fiquei amedrontada. Senti-me como o mendigo que encontra uma joia preciosa perto do palácio do emir e não se atreve a pegá-la por medo, nem a deixá-la ali em virtude da pobreza. Chorei — o choro de uma alma sedenta que vê um riacho cercado por feras selvagens e cai no chão, esperando e observando, apavorada.

Em seguida, ela desviou o olhar, como se a lembrança do passado a fizesse sentir vergonha de me encarar, mas prosseguiu.

— As pessoas que voltam à eternidade antes de provar a doçura da vida real não conseguem compreender o significado do sofrimento de uma mulher. Especialmente, quando ela dedica a alma a um homem que ama pela vontade de Deus e o corpo a outro, que acaricia pela força da lei terrena. É uma tragédia escrita com o sangue e as

Khalil
Gibran

lágrimas da mulher, que o homem observa com escárnio, porque não é capaz de compreendê-la; e, mesmo que compreenda, seu riso se transformará em deboche e blasfêmias, que ardem como fogo no coração dela. É um drama interpretado pelas noites escuras no palco da alma de uma mulher, cujo corpo está amarrado a um homem, conhecido como seu marido, para que ela perceba o significado que Deus dá ao casamento. Ela percebe a alma pairar ao redor do homem que adora por todos os meandros do verdadeiro amor e da beleza. É uma agonia terrível, que começou com a existência da fraqueza em uma mulher e o início da força em um homem. E não termina, a menos que os dias de escravidão e superioridade dos fortes sobre os fracos sejam abolidos. É uma guerra horrível entre a lei corrupta da humanidade, as afeições sagradas e o propósito divino do coração. Era nesse campo de batalha que eu estava deitada até ontem, mas reuni o que restava de minhas forças, libertei minhas asas das amarras da fraqueza e me ergui rumo à imensidão do céu do amor e da liberdade.

— Hoje, eu e o homem que amo somos um só; eu e ele brotamos como uma tocha da mão de Deus antes da criação do mundo. Não há poder sob o sol que possa me arrancar a felicidade, porque ela emana de dois espíritos abraçados, envoltos pela compreensão, irradiados pelo amor e protegidos pelo paraíso.

ESPÍRITOS REBELDES

Ela me olhou como se quisesse penetrar meu coração com os olhos para descobrir a impressão que suas palavras haviam me causado, assim como ouvir o eco de sua voz que vinha de dentro de mim. Mas permaneci em silêncio, e ela continuou. A voz dela estava cheia da amargura das lembranças e da doçura da sinceridade e liberdade quando afirmou:

— As pessoas lhe dirão que Rose Hanie é uma herege, uma esposa infiel que seguiu seus desejos, abandonando o homem que a trouxe para junto de si e a tornou a elegância da casa dele. Dirão que ela é uma adúltera, uma prostituta que destruiu com mãos imundas a guirlanda de um casamento sagrado e a trocou por uma união maculada, urdida com os espinheiros do inferno. Que se despiu do véu da virtude e se vestiu com o manto do pecado e da desgraça. Dirão ainda mais do que tudo isso, porque o fantasma de seus pais ainda vive no corpo delas. São como as cavernas desertas das montanhas, nas quais ecoam vozes cujas palavras não são entendidas. Não entendem a lei de Deus, nem compreendem o intento da verdadeira religião. Também não distinguem entre um pecador e um inocente. Olham apenas para a superfície dos objetos, sem conhecer seus segredos. Dão seus veredictos com ignorância e julgam com cegueira, igualando os criminosos e os inocentes, os bons e os maus. Coitados dos que acusam e julgam as pessoas...

Khalil
Gibran

— Aos olhos de Deus, fui adúltera e infiel somente enquanto estava na casa de Rashid Bey Namaan, porque ele me tomou como esposa de acordo com os costumes e tradições e pela força da pressa, antes que o céu o tornasse meu em conformidade com a lei espiritual do Amor e da Afeição. Fui pecadora aos olhos de Deus e aos meus, quando comi do seu pão e lhe ofereci meu corpo em troca da sua generosidade. Agora, sou pura e imaculada, porque a lei do Amor me libertou e me tornou honrada e fiel. Parei de vender meu corpo em troca de abrigo e meus dias em troca de roupas. Sim, fui uma adúltera e uma criminosa quando as pessoas me viam como a mais honrada e fiel esposa; hoje, sou pura e nobre em espírito, porém, na opinião dessas mesmas pessoas, sou suja, pois julgam a alma pelo que surge do corpo e medem o espírito pela régua da matéria.

Em seguida, ela olhou pela janela e apontou para a cidade com a mão direita, como se tivesse visto o espectro da corrupção e a sombra da vergonha entre as edificações magníficas. E disse, piedosa:

— Olhe aquelas mansões majestosas e palácios sublimes onde a hipocrisia reside. Naqueles edifícios, entre suas paredes lindamente decoradas, a Traição mora ao lado da Putrefação; sob o teto pintado com ouro derretido, a Falsidade vive com a Dissimulação. Perceba que os belos lares que representam a felicidade, a glória e o domínio não são nada além de cavernas de infelicidade e angústia. São túmulos caiados nos quais a Traição da mulher fraca se esconde por trás de seus olhos delineados e lábios carmesim; em seus cantos, o egoísmo existe, e a animalidade do homem por meio de seu ouro e prata reina suprema.

— Se aqueles prédios altos e fortificados emanassem o odor do ódio, da mentira e da corrupção, acabariam por rachar e desmoronar. O pobre aldeão olha para aquelas residências com olhos marejados, mas, quando descobre que o coração dos ocupantes está vazio do amor puro que existe no coração da própria esposa e que enche seu domínio, abre um sorriso e volta a cuidar de seus campos, contente.

E ela tomou minha mão e me levou próximo à janela, dizendo:

— Venha. Vou lhe mostrar os segredos ocultos das pessoas cujo caminho eu me recuso a seguir. Observe aquele palácio com colunas gigantes. Lá vive um homem rico que herdou seu ouro do pai. Depois de levar uma vida suja e de podridão, casou-se com uma mulher sobre quem não sabia nada, exceto o fato de que o pai dela era um dos correligionários do sultão. Assim que a viagem após o casamento terminou, ele se sentiu enojado e começou a se associar com mulheres que vendem o corpo em troca de moedas de prata. A esposa

Khalil
Gibran

foi deixada sozinha naquele palácio, como uma garrafa vazia abandonada por um bêbado. Ela chorou e sofreu pela primeira vez. Então, percebeu que suas lágrimas eram mais preciosas do que o marido degenerado. Agora ela se ocupa com o amor e a devoção de um rapaz a quem dedica as horas alegres, e em cujo coração ela verte sua afeição e amor sinceros.

— Permita-me levá-lo até aquela casa elegante cercada por lindos jardins. É a residência de um homem que vem de uma família nobre, que governou o país por muitas gerações, mas cuja moral, riqueza e prestígio declinaram em decorrência da indulgência por gastos extravagantes e pela preguiça. Há alguns anos, o homem se casou com uma mulher feia, mas rica. Depois de adquirir sua fortuna, ele a ignorou completamente e começou a se devotar a uma jovem atraente. A esposa dele, hoje, dedica o tempo a cachear os cabelos, pintar os lábios e perfumar o corpo. Veste as roupas mais caras e espera que algum jovem sorria e venha visitá-la, entretanto, tudo isso é em vão. Não consegue nada além de receber um sorriso de seu feio reflexo no espelho.

— Observe aquela mansão enorme rodeada por estátuas de mármore. É o lar de uma bela mulher com um caráter estranho. Quando o primeiro marido morreu, ela herdou todo o dinheiro e as propriedades dele. Em seguida, escolheu um homem com mente fraca e corpo frágil, tornou-se sua esposa para se proteger das más línguas e decidiu usá-lo de escudo contra suas abominações. Agora, entre seus admiradores, ela é como uma abelha que sorve as flores mais doces e deliciosas.

— Aquela bela casa logo ao lado foi construída pelo maior arquiteto da província. Pertence a um homem rico e ganancioso, que dedica todo o tempo a angariar ouro e explorar os pobres. Ele tem uma esposa cuja beleza é sobrenatural, tanto de corpo como de espírito, mas que, como todas as outras, é vítima de um casamento precoce. O pai dela cometeu um crime quando a entregou para um homem antes que ela tivesse idade para entender, colocando-lhe no pescoço o jugo pesado de um matrimônio desonesto. Ela está magra e pálida agora, e não consegue encontrar uma maneira de extravasar sua afeição aprisionada. Está afundando lentamente e ansiando pela morte, para livrá-la da escravidão e se libertar de um homem que passa a vida em busca de ouro, e que amaldiçoa o dia em que se casou com uma mulher estéril, que não pôde lhe dar um filho para levar seu nome e herdar seu dinheiro.

— Naquela casa entre os pomares vive um poeta idealista. Ele se casou com uma mulher ignorante, que ridiculariza suas obras porque não é capaz de entendê-las e ri de sua conduta porque não consegue se ajustar ao modo sublime de vida do marido. O poeta se libertou do desamparo em seu amor por uma mulher casada que valoriza sua inteligência e o inspira, atiçando no coração dele a chama da estima e lhe revelando os ditados mais belos e eternos por meio de seu charme e beleza.

O silêncio tomou conta do ambiente por alguns momentos, e a senhora Hanie se sentou em um sofá próximo à janela, como se sua alma estivesse cansada de vagar por aqueles aposentos. Logo depois, continuou a falar devagar:

— Essas são as residências nas quais eu me recusei a viver; essas são as sepulturas onde eu também fui espiritualmente enterrada. Essas pessoas de quem me libertei são atraídas pelo corpo e rechaçadas pelo espírito. E não conhecem nada sobre o Amor e a Beleza. O único mediador entre elas e Deus é a piedade divina por sua ignorância das leis de Deus. Não posso julgar, pois fui uma dessas pessoas, e simpatizo com todo o meu coração. Não as odeio, mas odeio sua rendição à fraqueza e falsidade. Eu disse todas essas coisas para mostrar a realidade das pessoas de quem escapei contra a vontade delas. Estava tentando explicar a vida das pessoas que falam tantas maldades a meu respeito porque perdi sua amizade e finalmente conquistei a minha própria. Emergi de suas masmorras escuras e ergui os olhos para a luz em que a sinceridade, a verdade e a justiça prevaleçam. Agora, elas me exilaram da sociedade, e estou contente, porque a humanidade não exila exceto aquele cujo espírito nobre se rebela contra o despotismo e a opressão. Aquele que não prefere o exílio à escravidão não é livre por nenhuma medida de liberdade, verdade e dever.

— Ontem, eu era como uma bandeja que continha todo tipo de comida palatável, e Rashid Bey Namaan jamais se aproximava de mim, a menos que sentisse necessidade dessa comida. Mesmo assim, nossa alma continuava muito distante de nós, como dois servos dignos e humildes. Tentei me reconciliar com o que as pessoas chamam de infortúnio, mas meu espírito se recusava a passar toda a vida ajoelhado comigo diante de um ídolo horrível erguido pela idade das trevas e chamado de LEI. Aguentei minhas correntes, até que ouvi o Amor me chamar e vi meu espírito se preparar para embarcar. Então, eu as quebrei e saí da casa de Rashid Bey Namaan como um pássaro liberto de sua gaiola de ferro, abandonando todas as pedras preciosas, roupas e empregados. Vim morar com meu amado, pois sabia que o que eu estava fazendo era honesto. O céu não quer que eu chore e sofra. Muitas vezes, à noite, eu orava para que a manhã chegasse. E quando a manhã chegava, eu orava para que o dia terminasse. Deus não quer que eu tenha uma vida angustiada, pois Ele colocou nas profundezas do meu coração o desejo pela felicidade; Sua glória repousa na felicidade do meu coração.

Khalil Gibran

— Esta é a minha história e este é o meu protesto perante céu e terra; isto é o que eu canto e repito, enquanto as pessoas fecham os ouvidos por medo de me escutar e conduzir o espírito à rebelião que faria desmoronar os alicerces da sua frágil sociedade.

— Esta é a árdua trilha que desbravei até alcançar o ápice da minha felicidade. Agora, se a morte vier me levar, estou mais do que disposta a me oferecer diante do Trono Supremo dos Céus, sem medo ou vergonha. Estou pronta para o dia do julgamento, e meu coração está puro e branco como a neve. Obedeci à vontade de Deus em tudo que fiz e segui os chamados do meu coração enquanto escutava a voz angelical dos céus. Este é o meu drama, que o povo de Beirute denomina de "uma maldição nos lábios da vida" e "uma doença no corpo da sociedade". Entretanto, algum dia, o amor vai animar o coração dessas pessoas, como os raios de sol que fazem brotar flores até mesmo na terra contaminada. Algum dia, os viajantes vão parar diante da minha sepultura, saudar a terra que envolve meu corpo e dizer: "Aqui jaz Rose Hanie, que se libertou da escravidão das apodrecidas leis humanas para obedecer à lei do puro amor de Deus. Ela virou o rosto para o sol para não ver a sombra do próprio corpo entre os ossos e espinhos".

ESPÍRITOS REBELDES

A porta se abriu, e um homem entrou. Os olhos dele brilhavam com raios mágicos e, em seus lábios, um sorriso sincero apareceu. A senhora Hanie se levantou, tomou o braço do rapaz e o apresentou a mim, dizendo-lhe o meu nome com palavras elogiosas. Eu sabia que era por ele que Rose Hanie rejeitara todo o mundo e violara todas as leis e costumes terrenos.

Quando nos sentamos, o silêncio tomou conta de tudo. Cada um de nós estava imerso em profundos pensamentos. Um minuto digno de silêncio e respeito havia passado quando olhei para o casal, que estava sentado lado a lado. Vi algo que nunca havia visto antes, e percebi imediatamente o significado da história da senhora Hanie. Compreendi o segredo de seu protesto contra a sociedade que persegue aqueles que se rebelam contra leis e costumes restritivos antes de determinar a causa da rebelião. Vi um espírito divino diante de mim, composto de duas pessoas belas e unidas. E, no meio dele, estava o deus do Amor, estendendo as asas sobre ambos, para protegê-los das más línguas. Encontrei uma compreensão completa, que emanava de dois rostos sorridentes, iluminada pela sinceridade e cercada pela virtude. Pela primeira vez na vida, eu me deparei com o espectro da felicidade entre um homem e uma mulher, amaldiçoado pela religião e antagonizado pela lei. Levantei-me, despedi-me e saí daquele casebre humilde que a Afeição havia criado como um altar para o Amor e

Khalil Gibran

a Compreensão. Caminhando, passei pelas casas que a senhora Hanie havia apontado enquanto conversávamos. Quando cheguei ao fim daquelas paragens, lembrei-me de Rashid Bey Namaan, meditei sobre sua penúria angustiada e disse a mim mesmo:

— Ele está oprimido. Será que os céus lhe darão ouvidos se ele reclamar sobre a senhora Hanie? Aquela mulher agiu errado quando o deixou e seguiu a liberdade do próprio coração? Ou ele cometeu um crime, forçando o coração da mulher a amar? Qual dos dois é o oprimido e qual é o opressor? Quem é o criminoso e quem é o inocente?

Em seguida, voltei a conversar comigo mesmo após alguns momentos de reflexão profunda.

— Muitas vezes, a mentira tenta a mulher a deixar o marido e seguir a fortuna, pois seu amor por riquezas e belos trajes a cega e a leva rumo à vergonha. A senhora Hanie agiu com má-fé quando deixou o palácio do rico esposo para viver na cabana de um homem pobre? Muitas vezes, a ignorância mata a alma de uma mulher e revive sua paixão; ela se cansa e deixa o marido, impelida pelos próprios desejos, e segue um homem a quem se rebaixa. Seria a senhora Hanie uma mulher ignorante que seguia os desejos físicos quando declarou publicamente sua independência e se uniu ao rapaz que ama? Ela poderia ter se satisfeito secretamente enquanto estava na casa do marido, pois muitos homens estavam dispostos a ser escravos de sua beleza e mártires do seu amor. A senhora Hanie era uma mulher angustiada. Buscava somente a felicidade, encontrou-a e a abraçou. Essa é a pura verdade que a sociedade desrespeita.

Depois, sussurrei pelo universo e perguntei a mim mesmo: "É permissível que uma mulher compre a felicidade com a angústia do marido?". E minha alma acrescentou: "É justo que um homem escravize a afeição da esposa quando percebe que jamais vai tê-la para si?".

Continuei caminhando, e a voz da senhora Hanie ainda soava em meus ouvidos quando alcancei a extremidade da cidade. O sol estava desaparecendo, e o silêncio dominava os campos e pradarias, enquanto os pássaros começavam a entoar suas orações noturnas. Fiquei ali meditando, até que suspirei e disse:

— Perante o trono da Liberdade, as árvores se alegram com a brisa brincalhona e desfrutam dos raios do sol e da luz da lua. Entre os ouvidos da Liberdade esses pássaros sussurram e, ao redor da Liberdade, vibram ao som da melodia dos riachos. Por todo o céu da Liberdade essas flores exalam sua fragrância e, diante dos olhos da Liberdade, sorriem quando o dia nasce.

— Tudo vive na terra conforme a lei da natureza, e dessa lei emergem a glória, a alegria e a liberdade; mas ao homem é negada essa fortuna,

Khalil
Gibran

porque ele criou para a alma, dada por Deus, a própria lei terrena e limitada. Criou para si mesmo regras estritas. O homem construiu uma prisão estreita e dolorosa, na qual escondeu suas afeições e desejos. Escavou uma sepultura profunda, onde enterrou o coração e seu propósito. Se um indivíduo, por meio dos conselhos da própria alma, declara seu afastamento da sociedade e viola a lei, os outros dirão que ele é um rebelde digno de exílio, ou uma criatura infame digna apenas de execução. O homem continuará a ser escravo do próprio confinamento até o fim do mundo? Ou será libertado pela passagem do tempo e viverá no Espírito, pelo Espírito? O homem insistirá em olhar para baixo e para trás? Ou vai erguer os olhos para o céu para não ver a sombra do próprio corpo entre os ossos e espinhos?

O Lamento
das Sepulturas

Khalil Gibran

Parte 1

O emir entrou na sala da corte e se sentou na cadeira que estava ao centro, enquanto à direita e à esquerda dele se sentaram os sábios do país. Os guardas, armados com espadas e lanças, estavam em posição de sentido. E as pessoas que vieram assistir ao julgamento se levantaram e se curvaram cerimoniosamente para o emir, de cujos olhos emanava um poder que desvelava horror a seus espíritos e medo a seus corações. Conforme a corte silenciou e a hora do julgamento se aproximou, o emir ergueu a mão e gritou, dizendo:

— Tragam os criminosos, um de cada vez, e me digam que crimes cometeram.

A porta da prisão se abriu como a boca de uma besta feroz que boceja. Nos cantos obscuros da masmorra, era possível ouvir o eco das correntes retinindo em uníssono com os gemidos e as lamentações dos prisioneiros. Os espectadores ansiavam por ver a presa da Morte emergir das profundezas daquele inferno. Momentos depois, dois soldados surgiram trazendo um jovem com os braços presos às costas. Seu rosto sério indicava um espírito nobre e um coração forte. Foi levado até o meio da corte, e os soldados marcharam alguns passos para trás. O emir o encarou com firmeza e disse:

— Que crime cometeu este homem que se ergue orgulhoso e triunfante perante mim?

Um dos membros da corte respondeu:

— Ele é um assassino. Ontem, matou um dos emissários do emir que estava em uma importante missão nos vilarejos próximos. Ainda empunhava a espada ensanguentada quando foi preso.

O emir respondeu com irritação:

— Levem esse homem de volta à prisão escura e o prendam com correntes pesadas. Ao amanhecer, cortem sua cabeça com a própria espada e joguem o corpo na floresta, para que os animais possam comer sua carne e o ar possa levar o odor de sua lembrança ao nariz da sua família e amigos.

O homem foi levado de volta à prisão, enquanto as pessoas o observavam com olhos entristecidos, pois era um jovem na flor da idade.

Os soldados retornaram novamente da prisão, trazendo uma mulher de beleza frágil e natural. Ela estava pálida e, em seu rosto, eram visíveis os sinais da opressão e decepção. Os olhos dela estavam encharcados de lágrimas e a cabeça, curvada

Khalil
Gibran

sob o fardo da agonia. Depois de observá-la por um bom tempo, o emir exclamou:

— E esta mulher esquálida que se ergue diante de mim como a sombra ao lado de um cadáver? O que ela fez?

Um dos soldados respondeu, dizendo:

— É uma adúltera. Ontem à noite, o marido a encontrou nos braços de outro. Depois que o amante escapou, o marido a entregou para a lei.

O emir olhou para a mulher enquanto ela erguia o rosto sem expressão e ordenou:

— Levem-na de volta à cela escura e estirem seu corpo sobre uma cama de espinhos, para que se lembre do lugar de repouso que maculou com sua conduta. Deem-lhe vinagre misturado com bile para beber, para que se lembre do gosto daqueles doces beijos. Ao amanhecer, arrastem seu corpo nu para fora da cidade e a apedrejem. Que os lobos se refestelem com a carne macia de seu corpo e os vermes lhe perfurem os ossos.

Conforme ela era levada de volta à cela escura, as pessoas a observavam com simpatia e surpresa. Estavam embasbacados pela justiça do emir e agoniados pelo destino da mulher. Os soldados reapareceram, trazendo consigo um homem tristonho com joelhos bambos e que tremia como uma planta fustigada pelo vento norte. Parecia impotente, frágil e assustado; era pobre e miserável. O emir o encarou com desprezo e perguntou:

— E este homem imundo que é como um morto entre os vivos? O que ele fez?

Um dos guardas respondeu:

— É um ladrão que invadiu o monastério e roubou vasos sagrados, encontrados pelos padres sob suas vestes quando o prenderam.

Como uma águia esfomeada que observa um pássaro com asas quebradas, o emir olhou para o homem e disse:

— Levem-no de volta à prisão e o acorrentem. Ao amanhecer, arrastem-no até uma árvore alta e o enforquem entre o céu e a terra, para que suas mãos pecaminosas pereçam e os membros de seu corpo se transformem em partículas e espalhados pelo vento.

Enquanto o ladrão retornava a passos recalcitrantes para as profundezas da prisão, as pessoas começaram a murmurar umas com as outras, dizendo:

— Como um homem tão fraco e herege se atreveu a roubar os vasos sagrados do monastério?

Com isso, a corte decretou recesso, e o emir se retirou, acompanhado por todos os seus sábios e guardado pelos soldados, enquanto a plateia se espalhou e o lugar ficou vazio, exceto pelos

Khalil
Gibran

gemidos e lamentos dos prisioneiros. Tudo isso aconteceu enquanto eu estava ali, em pé, como um espelho diante de fantasmas que passavam. Eu estava meditando sobre as leis, feitas por homens para homens, contemplando o que as pessoas chamam de "justiça" e me envolvendo com reflexões profundas sobre os segredos da vida. Tentei compreender o significado do universo. Fiquei embasbacado ao me perceber perdido como um horizonte que desaparece por trás da nuvem. Ao deixar o lugar, eu disse a mim mesmo:

— O legume se alimenta dos elementos da terra, a ovelha come o legume, o lobo caça a ovelha, o touro mata o lobo, e o leão devora o touro. Ainda assim, a Morte cai sobre o leão. Existe algum poder que vai superar a Morte e fazer dessas brutalidades uma justiça eterna? Há uma força que pode converter todas as coisas feias em objetos bonitos? Existe algum poder que pode reunir nas mãos todos os elementos da vida e abraçá-los com alegria, assim como o mar alegremente recebe todos os riachos e os traz para suas profundezas? Há algum poder que possa prender o assassinado e o assassino, a adúltera e o adúltero, o ladrão e o roubado e trazê-los até uma corte mais elevada e suprema do que a corte do emir?

PARTE 2

No dia seguinte, eu saí da cidade e fui até os campos onde o silêncio revela à alma aquilo que o espírito deseja e o céu puro mata os germes do desespero, alimentados na cidade pelas ruas estreitas e lugares obscuros. Quando cheguei ao vale, vi um bando de gralhas e abutres subindo e descendo, enchendo o céu com grasnados, assobios e bater de asas. Prosseguindo, vi diante de mim o cadáver de um homem enforcado no alto de uma árvore, o corpo de uma mulher nua no meio de uma pilha de pedras e a carcaça de um jovem com a cabeça cortada, encharcada de sangue misturado com terra.

Foi uma visão horrível que cegou meus olhos com um véu espesso e escuro de tristeza. Olhei para todas as direções e não vi nada além do espectro da Morte diante daqueles restos nefastos. Não se ouvia nada além dos lamentos da inexistência, misturados com o piado das gralhas que pairavam sobre as vítimas das leis humanas. Três seres humanos que ainda ontem estavam no colo da Vida hoje tombaram como vítimas da Morte, porque quebraram as regras da sociedade humana.

Quando um homem mata outro, as pessoas o chamam de assassino, mas, quando o emir o mata, o emir é justo. Quando um homem rouba um

Khalil
Gibran

monastério, dizem que é um ladrão. Mas, quando o emir lhe rouba a vida, o emir é honrado. Quando uma mulher trai o marido, chamam-na de adúltera. Mas, quando o emir a força a andar nua pelas ruas e a apedreja depois, o emir é nobre. Derramar sangue é proibido, porém quem fez disso algo justo para o emir? Roubar o dinheiro de alguém é crime, entretanto, tirar a vida de alguém é um ato nobre. A traição de um marido pode ser um ato horrendo, mas o apedrejamento de almas vivas é uma visão bonita? Devemos enfrentar o mal com o mal e dizer que essa é a Lei? Devemos combater a corrupção com uma corrupção ainda maior e dizer que essa é a Regra? Devemos punir crimes com mais crimes e dizer que isso é Justiça? O emir não matou um inimigo em sua vida pregressa? Não roubou o dinheiro e as posses dos súditos fracos? Não cometeu adultério? Foi infalível quando matou o assassino e enforcou o ladrão na árvore? Quem foram os homens que enforcaram o ladrão na árvore? São anjos que desceram dos céus ou homens que saqueiam e usurpam? Quem cortou a cabeça do assassino? Seriam profetas divinos ou soldados que derramam sangue por onde quer que vão? Quem apedrejou a adúltera? Seriam ermitões virtuosos que desceram de monastérios ou humanos que amam cometer atrocidades aos risos, sob a proteção de uma Lei ignorante? O que é a Lei? Quem a viu descer com o sol da imensidão dos céus? Que humano viu o coração de Deus e descobriu sua vontade ou propósito? Em que século os anjos caminharam entre as pessoas e pregaram para elas, dizendo "proíbam os fracos de desfrutar da vida, matem os criminosos com o fio da espada e pisem nos pecadores com botas de ferro?".

Conforme minha mente sofria dessa forma, ouvi um farfalhar de passos na grama que havia por perto. Prestei atenção e vi uma jovem sair de trás das árvores; ela olhou cuidadosamente para todos os lados antes de se aproximar das três carcaças que estavam ali. Ao observar, viu a cabeça do jovem, que havia sido cortada. Ela gritou, temerosa, e a abraçou com os braços trêmulos. Em seguida, começou a verter lágrimas e tocar os cabelos crespos e cobertos de sangue ressecado com dedos suaves, chorando com uma voz que vinha dos restos de um coração despedaçado. Não era mais capaz de suportar aquela visão. Ela arrastou o corpo até uma vala e colocou a cabeça cuidadosamente entre os ombros. Cobriu o corpo inteiro com terra e, sobre a sepultura, fincou a espada que havia cortado a cabeça do rapaz.

Quando ela fez menção de ir embora, eu me aproximei. Ela estremeceu quando me viu, os olhos pesados com lágrimas. Suspirou e disse:

— Pode me entregar ao emir, se quiser. É melhor que eu morra e siga aquele que salvou minha vida das garras da desgraça do que deixar o corpo dele para a voracidade dos animais.

Khalil Gibran

Então, eu respondi:

— Não tema, pobre garota. Eu lamentei pelo jovem antes de você. Mas, diga-me: como ele a salvou das garras da desgraça?

Ela respondeu com a voz embargada e fraca:

— Um dos comissários do emir veio até a nossa fazenda para coletar o imposto. Quando me viu, ficou me observando como um lobo que encara um carneiro. E impôs ao meu pai um imposto tão pesado, que nem mesmo um homem rico seria capaz de pagá-lo. Ele me prendeu para que pudesse me levar ao emir em troca de um resgate em ouro que meu pai não podia pagar. Implorei-lhe que me poupasse, mas ele não me deu ouvidos, pois não tinha piedade. Depois, gritei por socorro. E esse rapaz, que agora está morto, veio me ajudar e me salvou de uma morte em vida. O comissário tentou matá-lo, mas o homem pegou uma velha espada que estava pendurada na parede de nossa casa e o trespassou. Ele não fugiu como um criminoso, esperou com o comissário morto até que a lei viesse prendê-lo.

Após proferir essas palavras que fariam qualquer coração humano sangrar de tristeza, ela desviou o olhar e se afastou.

Em instantes, vi que um jovem se aproximava, escondendo o rosto sob um manto. Quando se aproximou do cadáver da adúltera, ele tirou o manto que vestia e o colocou sobre o corpo nu da mulher. Em seguida, tirou uma adaga que estava debaixo do manto e cavou um buraco, no qual colocou a garota morta com carinho e cuidado. Cobriu-a com terra, sobre a qual derramou suas lágrimas. Quando terminou o trabalho, colheu algumas flores e as colocou sobre a sepultura com reverência. Quando ele se levantou para partir, eu chamei sua atenção, dizendo:

— Que parentesco você tem com essa adúltera? E por que colocou a própria vida em risco, vindo até aqui para proteger seu corpo nu dos animais ferozes?

Quando ele me encarou, seus olhos amargurados expuseram a angústia que sentia. E ele disse:

— Sou um homem infeliz, por cujo amor ela foi apedrejada. Eu a amei e ela me amou desde a infância; crescemos juntos. O Amor, a quem servimos e reverenciamos, era o senhor de nosso coração. O Amor nos uniu e acolheu nossa alma. Certo dia, eu saí da cidade. E, quando retornei, descobri que seu pai a obrigara a se casar com um homem que ela não amava. Minha vida se transformou numa batalha perpétua, e todos os meus dias se converteram em uma noite longa e escura. Tentei ficar em paz com meu coração, mas meu coração não se aquietava. Finalmente, fui visitá-la em segredo, e meu único propósito era avistar aqueles belos olhos e ouvir o som daquela voz serena. Quando cheguei à casa dela, eu

Khalil
Gibran

a encontrei solitária, lamentando sua infelicidade. Sentei-me com ela; o silêncio era nossa conversa essencial, e a virtude, nossa companheira. Uma hora de compreensão silenciosa havia se passado quando o marido chegou. Pedi-lhe que se contivesse, mas ele a arrastou até a rua com as duas mãos, aos gritos, dizendo: "Venham, venham ver a adúltera e seu amante!". Todos os vizinhos chegaram correndo e, logo depois, a lei veio e a levou para o emir, mas os soldados nem tocaram em mim. A Lei ignorante e os costumes torpes puniram a mulher pelo crime do pai e perdoaram o homem.

Depois de falar tudo isso, o homem andou na direção da cidade, enquanto eu fiquei ali, ponderando o cadáver do ladrão enforcado naquela árvore alta, que se movia ligeiramente toda vez que o vento agitava os galhos, esperando que alguém o trouxesse de volta para o chão e o seio da terra, ao lado do Defensor da Honra e da Mártir do Amor.

Uma hora depois, uma mulher frágil e transtornada apareceu, chorando. Ficou diante do homem enforcado e orou com bastante reverência. Em seguida, subiu na árvore com esforço e roeu a corda com os dentes, até que ela se rompeu e o morto caiu no chão como um enorme trapo molhado. Logo depois, ela desceu, escavou uma sepultura e enterrou o ladrão ao lado das duas outras vítimas. Após cobri-lo com terra, ela pegou dois pedaços de madeira, improvisando uma cruz, e a colocou na cabeceira. Quando ergueu o rosto na direção da cidade e se preparou para partir, eu a interpelei, dizendo:

— O que a motivou a vir aqui e enterrar esse ladrão?

Ela olhou para mim, amargurada, e respondeu:

— Ele é o meu marido fiel e companheiro misericordioso; é o pai dos meus filhos, cinco crianças morrendo de fome; o mais velho tem oito anos, e o mais novo ainda mama no peito. Meu marido não era um ladrão, apenas um fazendeiro que trabalhava nas terras do monastério, ganhando o nosso sustento com a pouca comida que os monges e padres lhe davam quando voltava para casa, ao cair da noite. Trabalhava nas lavouras deles desde que era jovem. Quando ele ficou fraco, eles o dispensaram, dizendo-lhe que devia voltar para casa e enviar os filhos para que tomassem seu lugar assim que ficassem maiores. Ele implorou aos monges, em nome de Jesus e dos anjos, para que o deixassem ficar, mas não deram ouvidos às suas súplicas. Não tiveram piedade dele nem dos filhos, que choravam de fome. Ele foi até a cidade para procurar emprego, mas em vão, pois os ricos não empregam quem não é forte e saudável. Depois, sentou-se na rua empoeirada, estendendo a mão a todos que passavam, mendigando e repetindo a canção triste de seu fracasso na vida, enquanto sofria pela fome e humilhação.

Khalil
Gibran

Mas o povo se recusava a ajudá-lo, dizendo que pessoas preguiçosas não mereciam esmolas. À noite, a fome corroía dolorosamente nossos filhos — especialmente o mais novo, que tentava desesperadamente mamar no meu peito seco. A expressão do meu marido mudou, e ele deixou a casa sob o véu da noite. Entrou no celeiro do monastério e tirou dali um cesto de trigo. Ao sair, os monges acordaram de seu sono e o prenderam, depois de bater nele sem qualquer piedade. Ao amanhecer, levaram-no até o emir e se queixaram de que ele fora até o monastério para roubar os vasos sagrados do altar. Ele foi posto na prisão e enforcado no segundo dia. Estava tentando encher a barriga de seu pequeno faminto com o trigo que cultivara com o próprio trabalho, mas o emir o matou e usou sua carne como alimento para encher a barriga dos pássaros e das feras.

Ao falar daquele jeito, ela me deixou sozinho em meio a uma triste contemplação e partiu.

Fiquei ali, diante das sepulturas, como um orador cujas palavras lhe fogem ao tentar recitar uma eulogia. Eu estava emudecido, mas as lágrimas que caíam substituíram minhas palavras e falaram pela minha alma. Meu espírito se rebelou quando tentei meditar, pois a alma é como uma flor que fecha as pétalas quando vem a escuridão e não emana sua fragrância aos fantasmas da noite. Senti-me como se a terra que envolvia as vítimas da opressão naquele lugar solitário enchesse meus ouvidos com melodias tristes de almas agoniadas, inspirando-me a falar. Recorri ao silêncio. Mas, se as pessoas entendessem o que o silêncio lhes revela, chegariam tão perto de Deus quanto as flores dos vales. Se as chamas da minha alma suspirante tivessem tocado as árvores, elas sairiam de seu lugar e marchariam como um exército forte para combater o emir com seus galhos e demolir o monastério sobre a cabeça daqueles monges e padres.

Fiquei ali observando, e percebi que a doce sensação da misericórdia e o amargor da tristeza vertiam do meu coração sobre as sepulturas recém-cavadas — a sepultura de um rapaz que sacrificara a vida para defender uma donzela frágil, cuja vida e honra ele salvou das garras e presas de um humano selvagem; um jovem cuja cabeça foi cortada em recompensa por sua bravura e cuja espada foi fincada na cova por aquela que salvou como símbolo de heroísmo perante o sol que brilha sobre um império carregado de estupidez e corrupção. Uma sepultura de uma moça cujo coração fora incendiado pelo amor antes que o corpo fosse tomado pela ganância, usurpado pela luxúria e apedrejado pela tirania... Ela manteve a fé até a morte; o amante colocou flores em seu túmulo para falar, durante suas horas definhantes, das almas que o Amor havia escolhido e abençoado entre um povo ofuscado pela substância terrena

Khalil
Gibran

e emudecido pela ignorância. A sepultura de um homem miserável, enfraquecido pelo trabalho duro nas terras do monastério, que pedira pão para alimentar seus filhos e cujo pedido foi recusado. Tentou pedir esmolas, mas as pessoas não lhe deram atenção. Quando sua alma o levou a recuperar uma pequena parte da produção que ele mesmo havia plantado e colhido, foi preso e surrado até a morte. Sua pobre viúva fincou uma cruz perto da sua cabeça para testemunhar, no silêncio da noite e diante das estrelas do céu, contra aqueles padres que haviam convertido os gentis ensinamentos de Cristo em espadas afiadas, com as quais cortavam o pescoço das pessoas e dilaceravam o corpo dos fracos.

O sol desapareceu atrás do horizonte, como se estivesse cansado dos problemas do mundo e desprezasse a opressão dos seres humanos. Naquele momento, a noite começou a tecer um delicado véu com as fibras do silêncio, esticando-o sobre o corpo da Natureza. Estendi a mão para as sepulturas, apontando para seus símbolos. Ergui os olhos ao céu e disse, em voz alta: "Oh, Coragem, esta é sua espada, agora fincada na terra! Oh, Amor, estas são suas flores, cingidas pelo fogo! Oh, Senhor Jesus, esta é Tua cruz, mergulhada na escuridão da noite!".

Khalil,
o Herege

Khalil Gibran

Parte 1

O sheik Abbas era considerado um príncipe pelo povo de um vilarejo solitário no norte do Líbano. Sua mansão se erguia em meio às cabanas dos aldeões pobres como um gigante saudável entre anões doentes. Ele vivia no luxo, enquanto a existência das pessoas era permeada pela penúria. Elas o obedeciam e se curvavam com reverência quando o sheik lhes falava. Parecia que o poder da mente o havia indicado como seu intérprete e porta-voz oficial. Sua fúria fazia com que todos tremessem e se espalhassem como as folhas do outono ao sabor de um vento forte. Se ele acertasse um tapa no rosto de alguém, seria heresia da parte desse indivíduo mover ou erguer a cabeça, ou mesmo fazer qualquer tentativa de descobrir o motivo por trás do golpe. Se sorrisse para um homem, os aldeões consideravam que a pessoa que recebera essa honra era muito afortunada. O medo e a submissão do povo ao sheik Abbas não aconteciam em virtude da fraqueza; entretanto, a pobreza e a necessidade que as pessoas sentiam em relação a ele haviam provocado esse estado de humilhação contínua. Até mesmo as cabanas onde viviam e os campos que cultivavam eram de propriedade do sheik Abbas, que os havia herdado dos antepassados.

O trato com a lavoura, semeadura e colheita do trigo era todo feito sob a supervisão do sheik, que, em troca daquele trabalho, compensava os camponeses com uma pequena porção da produção, a qual, por pouco, prevenia que tombassem como vítimas de fome crônica.

Era frequente que muitos deles precisassem de pão antes que o trigo fosse colhido. Os aldeões iam até o sheik Abbas e pediam, com lágrimas nos olhos, que lhes adiantasse algumas piastras ou um cesto de trigo. E o sheik prontamente atendia essas solicitações, pois sabia que os camponeses pagariam a dívida em dobro quando a época da colheita chegasse. Assim, essas pessoas permaneciam presas às suas obrigações durante toda a vida. Deixavam um legado de dívidas para os filhos e eram submissas ao mestre, cuja cólera sempre temiam e cuja amizade e boa vontade se esforçavam constantemente, em vão, para conquistar.

Khalil Gibran

Parte 2

O inverno chegou, trazendo neves pesadas e ventos fortes. Os vales e campos se esvaziaram de tudo, exceto das árvores desfolhadas, que se erguiam como espectros da morte sobre as planícies sem vida.

Após guardar os produtos da terra nos caixotes do sheik e encher seus vasos com o vinho dos parreirais, os aldeões se recolheram a seus casebres para repousar ao lado do fogo, comemorando as glórias de eras passadas e repassando uns aos outros as histórias de dias exaustivos e noites longas.

O ano velho havia acabado de dar os últimos suspiros no céu cinzento. A noite havia caído, durante a qual o Ano-Novo seria coroado e conduzido ao trono do Universo. A neve começou a cair com força. Os ventos cortantes corriam do alto das montanhas até o abismo, soprando a neve que se empilhava para ser guardada nos vales.

As árvores tremiam sob as fortes tempestades. Os campos e colinas estavam cobertos por uma capa branca, sobre a qual a Morte escrevia linhas vagas, apagando-as em seguida. As brumas se erguiam como divisórias pelos vilarejos espalhados nas encostas dos vales. As luzes que tremeluziam pelas janelas dos casebres humildes desapareciam por trás do véu grosso da ira da Natureza.

    O medo penetrou o coração dos camponeses, e os animais se acomodavam perto das manjedouras nos celeiros, enquanto os cães se escondiam pelos cantos. Era possível ouvir as vozes dos ventos uivantes e o trovejar das tempestades ressoando nas profundezas dos vales. Parecia que a Natureza estava enfurecida pelo fim do ano velho e tentava se vingar daquelas almas pacíficas, lutando com armas de frio e gelo.

    Naquela noite, sob a fúria do céu, um jovem tentava caminhar pela trilha sinuosa que ligava Deir Kizhaya ao vilarejo do sheik Abbas. Os braços e as pernas do rapaz estavam entorpecidos pelo frio, enquanto a dor e a fome usurpavam sua força. O traje preto que ele vestia estava tingido de branco pela neve, como se estivesse envolto pela morte antes que sua hora de falecer tivesse chegado. Ele lutava para conseguir vencer o vento. Progredia com dificuldade, e avançava poucos passos cada vez que se esforçava. Chamou por socorro e, em seguida, ficou em silêncio, tremendo no frio da noite. Tinha um mínimo de esperança, que murchava entre um grande desespero e uma profunda tristeza. Era como um pássaro com uma asa quebrada que caíra num riacho cujos redemoinhos o haviam levado para as profundezas.

Khalil
Gibran

O jovem continuou andando e tropeçando, até que seu sangue parou de circular e ele tombou. Ele emitiu um som terrível... A voz de uma alma que encontrou a face vazia da Morte... A voz de uma juventude agonizante, enfraquecida pelo homem e cercada pela natureza... A voz do amor da existência no espaço do nada.

Parte 3

No lado norte daquele vilarejo, no meio dos campos castigados pelo vento, ficava a casa solitária de uma mulher chamada Rachel e sua filha, Miriam, que ainda não havia completado dezoito anos. Rachel era a viúva de Samaan Ramy, encontrado morto seis anos antes, mas a lei dos homens não descobrira seu assassino.

Como o restante das viúvas libanesas, Rachel ganhava a vida com trabalho duro e extenuante. Durante a época da colheita, procurava por espigas de milho deixadas pelos outros no campo e, no outono, recolhia o que sobrava de alguns frutos esquecidos nos pomares. No inverno, ela fiava lã e fazia roupas pelas quais recebia algumas piastras ou um cesto de cereais. Miriam, sua filha, era uma garota bonita, que dividia com a mãe o fardo do trabalho.

ESPÍRITOS REBELDES

Naquela noite amarga, as duas mulheres estavam sentadas diante da lareira, cujo calor estava enfraquecido pela geada e cujos pedaços de lenha em brasa estavam enterrados sob as cinzas. Ao lado das duas havia uma lamparina tremeluzente que fazia emanar seus raios amarelos e frágeis no coração das trevas como uma oração que envia espectros de esperança aos corações entristecidos.

A meia-noite havia chegado, e elas ouviam os assobios do vento do lado de fora. De quando em quando, Miriam se levantava, abria a pequena janela basculante sobre a porta e olhava para o céu escuro. Em seguida, voltava para sua cadeira, preocupada e amedrontada pela fúria das intempéries. De repente, Miriam se empertigou, como se tivesse sido acordada de um sono profundo. Olhou ansiosamente para a mãe e disse:

— Ouviu isso, mãe? Você ouviu uma voz pedindo socorro?

A mãe prestou atenção por um momento e respondeu:

— Não ouvi nada além do vento, minha filha.

Foi então que Miriam exclamou:

— Eu ouvi uma voz mais grave do que o céu trovejante e mais angustiada do que o gemido da tormenta.

Ao dizer essas palavras, ela se levantou, abriu a porta e escutou por um momento. Então, disse:

Khalil
Gibran

— Ouvi de novo, mãe!

Rachel correu até a porta frágil e, depois de hesitar por um momento, disse:

— E eu também a ouço. Vamos até lá para ver.

Ela se cobriu com um longo manto, abriu a porta e saiu cautelosamente, enquanto Miriam ficou perto da casa, com o vento agitando seus longos cabelos.

Após se forçar a andar uma curta distância pela neve, Rachel parou e gritou:

— Quem está chamando? Onde você está?

Não houve resposta; ela repetiu as mesmas palavras algumas vezes, mas não ouviu nada além das trovoadas. Logo depois, avançou corajosamente, olhando para todos os lados. Havia caminhado por certo tempo quando encontrou pegadas fundas na neve. Ela as seguiu temerosamente e, momentos depois, encontrou um corpo humano deitado diante dela na neve, como um remendo em um vestido branco. Ao se aproximar do homem e apoiar a cabeça dele sobre os joelhos, sentiu sua pulsação, que indicava que o coração batia lentamente e havia uma pequena chance de que sobrevivesse. Ela se virou para a cabana e chamou:

— Venha, Miriam, venha me ajudar! Eu o encontrei!

Miriam saiu correndo e seguiu as pegadas da mãe, tiritando de frio e tremendo de medo.

Quando alcançou o lugar e viu o rapaz deitado e imóvel, ela deu um grito com a voz agoniada. A mãe colocou os braços sob as axilas do rapaz, acalmou Miriam e disse:

— Não tema, pois ele ainda está vivo. Segure a barra do manto, e vamos levá-lo para casa.

Confrontadas com o vento forte e a neve pesada, as duas mulheres ergueram o rapaz e rumaram para a cabana. Quando chegaram ao pequeno abrigo, elas o deitaram diante do fogo. Rachel passou a massagear as mãos do rapaz, e Miriam começou a secar os cabelos dele com a barra do vestido. O jovem começou a se mover após alguns minutos. Suas pálpebras tremiam, e ele suspirou profundamente — um suspiro que trouxe a esperança de sua segurança ao coração daquelas mulheres misericordiosas. Elas lhe tiraram os sapatos e, também, o manto preto que o cobria. Miriam olhou para a mãe e disse:

— Observe o traje dele, mãe. Essas são roupas que monges vestem.

Depois de alimentar o fogo com um feixe de gravetos secos, Rachel olhou para a filha com perplexidade e disse:

— Os monges não saem do convento em uma noite tão terrível.

E Miriam refletiu:

Khalil Gibran

— Mas ele não tem pelos no rosto; os monges usam barba.

A mãe o fitava com olhos cheios de piedade e amor maternal; em seguida, olhou para a filha e disse:

— Não faz diferença se ele for um monge ou um criminoso. Seque bem os pés dele, minha filha.

Rachel abriu um armário, tirou dali um jarro de vinho e despejou um pouco em uma vasilha de barro. Miriam apoiou a cabeça do rapaz enquanto a mãe lhe dava um pouco do vinho para estimular o coração. Enquanto bebia o vinho, ele abriu os olhos pela primeira vez e encarou as mulheres que o socorreram com um olhar entristecido, mesclado com lágrimas de gratidão — o olhar de um ser humano que sentia o toque suave da vida, logo depois de ter sido apanhado pelas garras afiadas da morte; um olhar repleto de esperança, depois que a esperança havia morrido. Então, baixou a cabeça, e seus lábios tremeram quando pronunciou as palavras:

— Que Deus abençoe vocês duas.

Rachel colocou a mão no ombro dele e disse:

— Acalme-se, irmão. Não se canse com conversas até recuperar as forças.

E Miriam acrescentou:

— Descanse a cabeça neste travesseiro, irmão. Vamos levá-lo para mais perto do fogo.

Rachel voltou a encher a vasilha com o vinho e a entregou ao rapaz. Olhou para a filha e disse:

— Pendure o manto dele próximo do fogo para que seque.

Após cumprir a ordem da mãe, Miriam voltou e começou a observá-lo com piedade. Era como se quisesse ajudar despejando no coração do rapaz todo o calor que havia na própria alma. Rachel trouxe dois pedaços de pão com algumas conservas e frutas secas; sentou-se ao lado dele e começou a lhe dar pequenos bocados, como uma mãe que alimenta um filho pequeno. A essa altura, ele se sentia mais forte e ergueu o corpo para se sentar no tapete enquanto as chamas vermelhas do fogo refletiam em seu rosto triste. Os olhos dele brilharam, e o jovem balançou a cabeça devagar, dizendo:

— A piedade e a crueldade lutam no coração humano como as loucas intempéries no céu desta noite terrível, mas a piedade deve superar a crueldade porque é divina. E o terror desta noite vai passar quando o dia raiar.

O silêncio prevaleceu por um minuto e, em seguida, ele acrescentou, aos sussurros:

— Uma mão humana me levou ao desespero e uma mão humana me resgatou. Tão severo é o homem, e tão misericordioso o homem é!

E Rachel perguntou:

Khalil
Gibran

— O que levou você, irmão, a deixar o convento em uma noite tão horrenda, quando nem mesmo as feras se atrevem a sair da toca?

O jovem fechou os olhos como se quisesse devolver as lágrimas às profundezas do coração, para o lugar de onde haviam vindo. E disse:

— Os animais têm suas cavernas e os pássaros, seus ninhos, mas o filho do homem não tem um lugar para descansar a cabeça.

Rachel respondeu:

— Foi isso que Jesus disse sobre si mesmo.

E o jovem prosseguiu:

— Essa é a resposta para todo homem que almeja seguir o Espírito e a Verdade nesta era de falsidade, hipocrisia e corrupção.

Após alguns momentos de contemplação, Rachel disse:

— Mas há muitos quartos confortáveis no convento. Os cofres estão cheios de ouro e há provisões de todo tipo; os estábulos estão repletos de bezerros e ovelhas gordas. O que o levou a sair de um abrigo como aquele nesta noite tão malévola?

O jovem suspirou profundamente e disse:

— Deixei aquele lugar porque eu o odeio.

E Rachel emendou:

— Um monge em um convento é como um soldado no campo de batalha, que deve obedecer às ordens de seu líder qualquer que seja sua natureza. Ouvi dizer que um homem não pode se tornar monge a menos que elimine sua vontade, seus pensamentos, seus desejos e tudo que estiver relacionado à mente. Mas um bom padre não pede aos monges que façam coisas irracionais. Como o abade de Deir Kizhaya pôde lhe pedir para abrir mão da própria vida sob as tempestades e a neve?

E ele comentou:

— Na opinião dele, um homem não pode se tornar monge a menos que seja cego e ignorante, insensato e tolo. Deixei o convento porque sou um homem sensato, capaz de ver, sentir e ouvir.

Miriam e Rachel ficaram observando o homem como se tivessem encontrado em seu rosto um segredo escondido. Depois de um momento de reflexão, a mãe disse:

— Um homem que vê e ouve parte em uma noite que cega os olhos e ensurdece os ouvidos?

E o rapaz declarou sem alarde:

— Eu fui expulso do convento.

— Expulso! — exclamou Rachel, e Miriam repetiu a mesma palavra com a mãe.

Ele ergueu a cabeça, arrependendo-se de suas palavras, pois receava que seu amor e sua simpatia se transformariam em ódio e desrespeito; mas, quando olhou para elas e percebeu que os raios da piedade ainda emanavam de seus olhos e que o corpo delas vibrava com a ansiedade de saber mais, a voz dele se embargou, e o jovem prosseguiu:

— Sim, fui expulso do convento porque não fui capaz de cavar minha sepultura com as próprias mãos e meu coração se fartou de mentir e roubar. Fui expulso do convento porque minha alma se recusou a aproveitar os préstimos de pessoas que se entregavam à ignorância. Fui mandado embora porque não conseguia encontrar repouso nos quartos confortáveis construídos com o dinheiro dos camponeses pobres. Meu estômago era incapaz de digerir o pão assado com as lágrimas dos órfãos. Meus lábios não conseguiam entoar as preces vendidas em troca de ouro e comida pela cabeça das pessoas simples e fiéis. Fui expulso do convento como um leproso imundo, porque repetia aos monges as regras que os qualificavam para sua posição atual.

O silêncio prevaleceu enquanto Rachel e Miriam contemplavam aquelas palavras e o observavam. Até que perguntaram:

— Seu pai e sua mãe ainda são vivos?

E ele respondeu:

— Não tenho pai nem mãe, nem um lugar que possa chamar de casa.

Rachel deu um longo suspiro, e Miriam virou o rosto para a parede para esconder as lágrimas cheias de piedade e amor.

ESPÍRITOS REBELDES

Como uma flor murcha que é trazida de volta à vida pelas gotas de orvalho que a alvorada derrama em suas pétalas suplicantes, o coração ansioso do rapaz foi revivido pela afeição e gentileza de suas benfeitoras. Ele olhou para as mulheres como um soldado olha para aqueles que o resgataram das garras do inimigo e continuou:

— Perdi meus pais antes de completar sete anos. O padre do vilarejo me levou a Deir Kizhaya e me deixou à disposição dos monges, que ficaram alegres por me receber e me encarregaram de cuidar das vacas e ovelhas, que eu levava todos os dias para pastar. Quando fiz quinze anos, eles me vestiram este manto preto e me levaram até o altar, sobre o qual o abade me disse: "Jure pelo nome de Deus e todos os santos e faça um voto de viver uma vida virtuosa de pobreza e obediência". Eu repeti as palavras antes de perceber seu significado ou compreender a interpretação que aquele homem tinha sobre a pobreza, a virtude e a obediência.

— Meu nome era Khalil e, desde aquela época, os monges se dirigiam a mim como irmão Mobarak, mas nunca me trataram como um irmão. Comiam os alimentos mais saborosos e bebiam o melhor vinho, enquanto eu vivia à base de legumes secos e água misturada com lágrimas. Descansavam em camas macias, enquanto eu dormia em um estrado de pedra em um quarto frio e escuro no celeiro. Várias vezes eu me perguntei:

Khalil
Gibran

quando meu coração vai parar de ansiar pelo alimento que eles comem e pelo vinho que bebem? Quando vou parar de tremer de medo diante dos meus superiores? Mas todas as minhas esperanças foram em vão, pois continuava no mesmo estado. E, além de cuidar dos animais, fui obrigado a carregar pedras pesadas sobre os ombros, escavar poços e valas. Sustentava-me com os poucos pedaços de pão que me eram dados em troca do meu trabalho. Não conhecia nenhum outro lugar para onde pudesse ir, e os clérigos do convento me causavam asco com tudo que faziam. Haviam envenenado a minha mente. Até que comecei a pensar que todo o mundo era um oceano de tristezas e misérias e que o convento era o único porto de salvação. Mas, quando descobri a fonte de toda a comida e do ouro, fiquei feliz por não partilhar de nada daquilo.

 Khalil se endireitou e olhou ao redor com admiração, como se tivesse encontrado algo bonito diante de si naquela cabana humilde. Rachel e Miriam continuaram em silêncio, e ele prosseguiu:

 — Deus, que levou meu pai e me exilou como órfão no convento, não quis que eu passasse a vida inteira caminhando às cegas rumo a uma selva perigosa; e não queria que eu fosse um escravo miserável pelo resto da vida. Deus abriu meus olhos e ouvidos, mostrou-me a luz brilhante e me fez ouvir a Verdade quando a Verdade era dita.

Rachel pensou em voz alta:

— Existe outra luz além do sol que brilha sobre todas as pessoas? Os seres humanos são capazes de entender a Verdade?

Khalil respondeu:

— A verdadeira luz é aquela que emana de dentro do homem e revela os segredos do coração para a alma, fazendo com que ela fique feliz e contente com a vida. A verdade é como as estrelas: não aparece, exceto em meio à escuridão da noite. A verdade é como todas as coisas bonitas do mundo. Ela não revela o quanto é desejada, a não ser àqueles que sentem a influência da falsidade. A verdade é uma gentileza profunda, que nos ensina a nos contentar com nosso dia a dia e a compartilhar a mesma felicidade com as pessoas.

Rachel voltou para a conversa:

— Há muitos que vivem de acordo com a própria bondade, e muitos acreditam que a compaixão pelos outros é a sombra da lei de Deus sobre o homem. Mesmo assim, não têm nenhuma alegria na vida, permanecendo angustiados até a morte.

Khalil respondeu:

— Vãs são as crenças e ensinamentos que angustiam o homem e falsa é a bondade que o leva à tristeza e ao desamparo, pois é o propósito do homem ser feliz neste mundo, encontrar o caminho da alegria e pregar sua palavra aonde quer

Khalil Gibran

que vá. Quem não enxerga o reino dos céus nesta vida jamais o verá na próxima. Não chegamos a esta vida por meio do exílio, e sim como criaturas inocentes de Deus, para aprender a adorar o espírito sagrado e eterno e buscar os segredos ocultos dentro de nós da beleza da vida. Essa é a verdade que aprendi com os ensinamentos do Nazareno. Essa é a luz que veio de dentro de mim e me mostrou os cantos escuros do convento, que ameaçavam minha vida. Esse é o segredo profundo que os vales e campos bonitos me revelaram quando eu estava faminto, sentado sozinho e chorando sob a sombra das árvores.

— Essa é a religião que o convento deveria pregar. Como Deus quis, como Jesus ensinou. Um dia, quando minha alma se inebriou com a embriaguez celestial da beleza da Verdade, eu me ergui bravamente diante dos monges que se reuniam no jardim e critiquei seus malfeitos, dizendo: "Por que vocês passam seus dias aqui e se aproveitam do trabalho dos pobres, já que o pão que comem foi feito com o suor do corpo deles e as lágrimas de seu coração? Por que estão vivendo à sombra do parasitismo, segregando-se das pessoas que precisam de conhecimento? Por que privam o país de sua ajuda? Jesus os enviou como cordeiros entre os lobos. O que os tornou lobos entre os cordeiros? Por que fogem da humanidade e do Deus que os criou? Se são melhores do que as pessoas que seguem a procissão da vida, deveriam ir até as pessoas e melhorar a vida delas. Mas, se acham que elas são melhores do que vocês, deveriam querer aprender com elas. Como podem fazer um voto e jurar viver na pobreza para depois esquecer do que disseram e viver no luxo? Como juram obediência a Deus e, depois, revoltam-se contra tudo o que a religião significa? Como adotam a virtude como guia quando o coração de vocês está cheio de desejos? Vocês fingem que estão matando seu corpo, porém, na verdade, estão matando a própria alma. Fingem rejeitar as coisas mundanas, mas o coração de vocês está inchado pela cobiça. Vocês fizeram com que as pessoas acreditassem que os homens do convento são professores religiosos; na realidade, são como o gado que não dá atenção ao conhecimento e vai pastar em um gramado verde e bonito. Vamos devolver aos necessitados as terras vastas do convento e ressarcir o ouro e a prata que tomamos deles. Vamos eliminar nosso distanciamento, servir aos fracos que nos tornaram fortes e, assim, purificar o país em que vivemos. Vamos ensinar esta nação angustiada a sorrir e se alegrar com a fartura dos céus, a glória da vida e a liberdade. As lágrimas do povo são mais bonitas e sagradas do que a facilidade e a tranquilidade às quais vocês se acostumaram neste lugar. A empatia que toca o coração do próximo é mais suprema do que a virtude escondida nos cantos invisíveis do convento. Uma palavra de compaixão para o criminoso ou a prostituta são mais nobres do que a longa prece que repetimos, esvaziada, todos os dias no templo.

Neste ponto, Khalil respirou fundo. Em seguida, ergueu os olhos para Rachel e Miriam, emendando:

— Eu dizia tudo isso aos monges, e eles escutavam com um ar de perplexidade, como se não conseguissem acreditar que um rapaz se atreveria a se postar diante deles e proferir palavras tão ousadas. Quando terminei, um deles se aproximou e me disse, bastante irritado: "Como ousa falar assim em nossa presença?". Outro veio rindo e completou: "Você aprendeu tudo isso com as vacas e porcos que cuida nos campos?". E um terceiro se levantou e me ameaçou: "Você vai ser castigado por isso, herege!". Em seguida, dispersaram-se como se estivessem fugindo de um leproso. Alguns reclamaram para o abade, que me convocou ao cair da noite. Os monges pareceram se deliciar ao antecipar o meu sofrimento, e havia uma expressão de alegria no rosto deles quando o superior ordenou que eu fosse chicoteado e colocado na prisão por quarenta dias e quarenta noites. Levaram-me até uma cela escura, onde passei o tempo deitado naquela sepultura, sem ver a luz. Não conseguia saber quando era o fim da noite nem o começo do dia, e não sentia nada além dos insetos rastejantes e da terra debaixo de mim. Não conseguia ouvir nada além dos passos deles quando meu pedaço de pão e tigela de água misturada com vinagre eram trazidos em longos intervalos.

— Quando saí da prisão, eu estava fraco e debilitado. E os monges acreditavam que haviam me curado de pensar e, também, que haviam matado o desejo da minha alma. Pensaram que a fome e a sede haviam estrangulado a gentileza que Deus colocou em meu coração. Nos meus quarenta dias de solidão, tentei encontrar um método para poder ajudar os monges a ver a luz e ouvir a verdadeira canção da vida, mas todas as minhas ponderações foram em vão. O véu grosso que as longas eras teceram sobre os olhos deles não poderia ser arrancado em pouco tempo; e a argamassa que a ignorância usou para cimentar seus ouvidos estava endurecida e não poderia ser removida com o toque de dedos suaves.

O silêncio prevaleceu por um momento e, em seguida, Miriam olhou para a mãe como se pedisse permissão para falar. Ela disse:

— Você deve ter conversado com os monges outra vez, se escolheram esta noite terrível para expulsá-lo do convento. Deveriam aprender a ser gentis até mesmo com os inimigos.

Khalil respondeu:

— Esta noite, enquanto as tempestades trovejavam e as intempéries rugiam no céu, eu me afastei dos monges, que se agachavam diante do fogo, contando histórias e relatos bem-humorados.

Khalil
Gibran

Quando me viram sozinho, começaram a fazer comentários jocosos à minha custa. Eu estava lendo a Palavra e contemplando os belos ditados de Jesus que me fizeram esquecer, por algum tempo, a natureza enfurecida e beligerante dos elementos no céu, quando eles se aproximaram de mim com um espírito renovado de zombaria. Eu os ignorei, ocupando-me e olhando pela janela, mas eles ficaram furiosos porque meu silêncio ressecou o riso do coração e as provocações dos lábios deles. Um dos monges me disse: "O que você está lendo, Grande Reformista?". Em resposta a essa pergunta, eu abri meu livro e li a seguinte passagem em voz alta: "Mas vendo João que muitos fariseus e saduceus vinham ao seu batismo, disse-lhes: 'Oh, raça de víboras, quem vos recomendou que fugísseis da ira vindoura? Dais, pois, frutos dignos do vosso arrependimento, e não queirais dizer dentro de vós mesmos: 'Temos como pai a Abraão'; porque vos declaro que destas pedras Deus pode suscitar filhos a Abraão. O machado já está posto à raiz das árvores; toda a árvore, pois, que não dá bom fruto é cortada e lançada ao fogo".

— Quando li essa passagem de João Batista, os monges silenciaram como se uma mão invisível lhes estrangulasse o espírito, mas se encheram de uma falsa coragem e começaram a rir. Um deles disse: "Já lemos essas palavras muitas vezes e não precisamos que uma vaca do pasto as repita para nós".

— Eu protestei: "Se tivessem lido essas palavras e compreendido seu significado, esses pobres aldeões não teriam morrido de frio nem de fome". Quando eu disse isso, um dos monges me acertou um tapa no rosto, como se eu tivesse falado mal dos padres; outro me acertou um pontapé; um terceiro arrancou o livro das minhas mãos; e um quarto chamou o abade, que chegou até o lugar, trêmulo de raiva. Ele ordenou: "Prendam esse rebelde e o joguem para fora deste lugar sagrado. E que a fúria da tempestade o ensine o que é a obediência. Levem-no daqui e deixem que a natureza lhe aplique a vontade de Deus. Depois, lavem as mãos para limpá-las dos germes da heresia que infestam as roupas dele. Se ele retornar implorando perdão, não abram a porta, pois a víbora não se transforma em uma pomba se for colocada em uma janela, e do espinheiro não brotam figos, mesmo se o plantarmos em um vinhedo".

— De acordo com a ordem, fui arrastado para fora dali pelos monges, que continuavam a rir. Antes de eles trancarem a porta depois de me expulsar, ouvi um deles dizer: "Até ontem você era o rei das vacas e dos porcos. Mas, hoje, você foi destronado, ó, Grande Reformista; vá agora e se torne o rei dos lobos e os ensine a viver em suas tocas".

Khalil deu um longo suspiro. Em seguida, virou o rosto e olhou para as chamas da lareira.

Khalil Gibran

Com uma voz doce e amável e o semblante tomado pela dor, ele disse:

— Assim eu fui expulso do convento, e assim os monges me entregaram às mãos da Morte. Lutei às cegas, tentando atravessar a noite; o vento forte rasgava meu manto e a neve alta prendia meus pés e me puxava para baixo, até que eu caí, pedindo ajuda desesperadamente. Senti que ninguém me escutava além da Morte, mas um poder que é todo feito de sabedoria e misericórdia ouviu meus gritos. Esse poder não queria que eu morresse antes de aprender o que resta dos segredos da vida. O poder que enviou vocês duas para salvar a minha vida das profundezas do abismo e da inexistência.

Rachel e Miriam tiveram a sensação de que o espírito delas entendia o mistério da alma de Khalil, tornando-se suas parceiras nos sentimentos e na compreensão. Sem conter seu impulso, Rachel estendeu o braço e tocou a mão de Khalid gentilmente, enquanto as lágrimas escorriam de seus olhos, e disse:

— Aquele que foi escolhido pelo céu como defensor da Verdade não perecerá pelas neves e tempestades que o próprio céu envia.

E Miriam acrescentou:

— As tempestades e a neve podem matar as flores, mas não podem eliminar as sementes. A neve as aquece e as protege da geada.

O rosto de Khalil se iluminou quando ouviu aquelas palavras de estímulo, e ele disse:

— Se não me virem como um rebelde e um herege como fizeram os monges, as perseguições que suportei no convento são o símbolo de uma nação oprimida que ainda não alcançou o conhecimento. E esta noite, quando eu estava à beira da morte, é como uma revolução que antecede a verdadeira justiça. E do coração sensível de uma mulher brotou a felicidade da humanidade; e da gentileza de seu nobre espírito vem a afeição da humanidade.

Ele fechou os olhos e se recostou sobre o travesseiro; as duas mulheres não o importunaram com outros assuntos, pois sabiam que a exaustão causada pela longa exposição às intempéries havia encantado e capturado os olhos do rapaz. Khalil dormiu como uma criança perdida que finalmente encontrara abrigo nos braços da mãe.

Rachel e a filha voltaram lentamente para a cama e se sentaram nela, observando o rapaz como se houvessem encontrado em seu rosto marcado pelas dificuldades uma atração que levava sua alma e coração para junto dele. E a mãe suspirou, dizendo:

— Há um estranho poder naqueles olhos cerrados que fala em silêncio e estimula os desejos da alma.

Miriam completou:

— As mãos dele, mãe, são como as de Cristo na igreja.

A mãe respondeu:

— Seu rosto tem, ao mesmo tempo, a ternura de uma mulher e a valentia de um homem.

E as asas do sono levaram o espírito das duas mulheres rumo ao mundo dos sonhos. O fogo arrefeceu e se transformou em cinzas, enquanto a luz da lamparina a óleo foi gradualmente perdendo o brilho e desapareceu. A tormenta feroz continuou a rugir, o céu escuro despejou várias camadas de neve e os ventos fortes as espalharam por todos os lados.

Parte 4

Cinco dias se passaram e o céu ainda estava carregado com a neve que enterrava as montanhas e pradarias sem descanso. Khalil tentou por três vezes continuar sua jornada rumo às planícies, mas Rachel o impediu a cada vez que tentava, dizendo:

— Não entregue sua vida aos elementos cegos, irmão. Fique aqui, pois o pão que alimenta duas também alimenta três, e o fogo ainda estará queimando depois da sua partida como estava antes da sua chegada. Somos pobres, irmão, mas como o resto das pessoas, vivemos nossa vida perante a face do sol e da raça humana, e Deus nos dá o pão de cada dia.

E Miriam implorava, com olhares gentis e suspiros profundos, pois, desde que Khalil chegara à cabana, ela havia sentido a presença de um poder divino na própria alma, trazendo a vida e a luz para seu coração e despertando um novo afeto pelo mais sagrado do que havia de sagrado em seu espírito. Pela primeira vez, ela sentiu a sensação que deixava seu coração como uma rosa branca que sorve as gotas de orvalho da manhã e exala sua fragrância rumo ao firmamento infinito.

Não há afeição mais pura e que tranquilize mais o espírito do que aquela escondida no coração de uma donzela que desperta de repente e enche o próprio espírito com uma música celestial que transforma seus dias em sonhos poéticos e noites proféticas. Não há segredo no mistério da vida que seja mais forte e bonito do que a ligação que converte o silêncio do espírito de uma virgem numa percepção perpétua que faz com que uma pessoa esqueça o passado, pois ele arde feroz no coração da doce e esmagadora esperança pelo futuro vindouro.

A mulher libanesa se distingue das mulheres de outras nações pela simplicidade. A maneira como é treinada restringe seu processo educacional e age como um obstáculo para seu futuro.

Khalil
Gibran

Mesmo assim, por essa razão, ela se apanha perguntando a si mesma sobre as inclinações e mistérios de seu coração. A jovem libanesa é como uma nascente que brota do coração da terra e segue seu curso pelas depressões sinuosas, mas como não é capaz de encontrar uma saída para o mar, transforma-se em um lago calmo que reflete na superfície o brilho da lua e das estrelas no céu. Khalil sentiu a vibração do coração de Miriam se enredar com firmeza ao redor de sua alma, e soube que o toque divino que iluminava seu coração também havia tocado o coração da moça. Ele se alegrou pela primeira vez, como um riacho ressecado que saúda a chuva, mas se culpou pela própria pressa, acreditando que essa compreensão espiritual passaria como uma nuvem quando ele partisse do vilarejo. Ele frequentemente falava consigo mesmo, dizendo:

— Que mistério é esse que age com tanta intensidade em nossa vida? Que Lei é essa que nos leva a uma estrada acidentada e nos faz parar logo antes de chegar à face do sol em que podemos nos alegrar? Que poder é esse que eleva nosso espírito até alcançar o alto da montanha, cheio de sorrisos e glória, e subitamente nos joga às profundezas do vale, chorando e sofrendo? Que vida é esta que nos abraça como uma amante num dia e nos rechaça como um inimigo no dia seguinte? Não fui perseguido ontem? Não sobrevivi à fome, à sede, ao sofrimento e às zombarias, enquanto valorizava a Verdade que o céu fez despertar em meu coração? Não disse aos monges que a felicidade pela Verdade é a vontade e o propósito de Deus no homem? Então, que medo é este? E por que fecho meus olhos para a luz que emana dos olhos daquela moça? Fui expulso, e ela é pobre, mas será que o homem pode viver somente de pão? Não somos, entre a fome e a fartura, como as árvores entre o inverno e o verão? Porém, o que Rachel diria se soubesse que o meu coração e o coração da filha chegaram a um entendimento em silêncio, juntaram-se e se aproximaram do círculo da Luz Suprema? O que ela diria se descobrisse que o rapaz cuja vida salvou sente o desejo de olhar para a filha dela? O que os simples aldeões diriam se soubessem que um jovem criado no convento veio até seu vilarejo por necessidade e expulsão, e que desejava viver perto de uma bela donzela? Será que me darão ouvidos se eu disser que aquele que deixa o convento para viver entre eles é como um pássaro que deixa as paredes cortantes da gaiola rumo à luz da liberdade? O que o sheik Abbas vai dizer se ouvir minha história? O que o padre do vilarejo vai fazer se souber da causa da minha expulsão?

Khalil conversava consigo mesmo desse modo diante da lareira, meditando com as chamas, o símbolo de seu amor; e Miriam roubava olhares de quando em quando, fitando o rosto dele, lendo os sonhos de Khalil pelos próprios olhos, ouvindo o eco de seus pensamentos e sentindo o toque de seu amor, mesmo que nenhuma palavra fosse proferida.

Uma noite, enquanto ele estava diante da pequena janela basculante que dava vista para os vales onde as árvores e rochedos estavam cobertos de branco, Miriam veio e ficou ao lado dele, olhando para o céu. Quando os olhos deles se viraram e se encontraram, ele deu um suspiro profundo e fechou os olhos como se sua alma estivesse navegando pelo espaço do céu, procurando uma palavra. Mas percebeu que não era necessário dizer nada, pois o silêncio falava por eles. Miriam arriscou:

— Para onde você irá quando a neve escoar para os riachos e o caminho estiver seco?

Os olhos de Khalil se abriram, mirando para além do horizonte, e ele explicou:

— Vou seguir o caminho para onde o meu destino e a minha missão em busca da verdade me levarem.

Miriam deu um suspiro triste e perguntou:

— Por que não fica aqui e vive perto de nós? Você é obrigado a ir a outro lugar?

Ele ficou emocionado por aquela gentileza e pelas palavras doces, mas protestou:

— Os aldeões daqui não aceitarão um monge expulso como vizinho e não permitirão que respire o mesmo ar que respiram porque acreditam que o inimigo do convento é um infiel, amaldiçoado por Deus e Seus santos.

Miriam se resignou ao silêncio, pois a Verdade que a fustigava impedia que a conversa avançasse. Pouco tempo depois, Khalil se virou para o lado e explicou:

— Miriam, esses aldeões aprendem com pessoas em posição de autoridade a odiar qualquer um que pense livremente; são treinados para se afastar daqueles cuja mente voa alto. Deus não gosta de ser adorado por um homem ignorante que imita outro alguém; se eu continuasse neste vilarejo e pedisse às pessoas que fizessem seus ritos religiosos como desejassem, elas diriam que sou um infiel que desobedece a autoridade que foi dada ao padre por Deus. Se eu pedisse a elas que escutassem as vozes de seu coração e agissem de acordo com a vontade de seu espírito, diriam que sou um homem cruel que deseja que elas se afastem do clero que Deus colocou entre o céu e a terra.

Khalil olhou bem nos olhos de Miriam e, com uma voz que soava como cordas de prata, disse:

— Mesmo assim, Miriam, há um poder mágico neste vilarejo que toma conta de mim e envolve minha alma. Um poder tão divino que me faz esquecer da minha dor. Nesta vila eu encontrei a Morte em pessoa. E, neste local, minha alma abraçou o espírito de Deus. Nesta vila há uma linda flor que cresceu sobre o capim morto; sua beleza atrai meu coração e sua fragrância enche o lugar. Devo abandonar essa flor e sair para pregar as ideias que causaram minha expulsão do convento ou continuar ao lado dessa flor, cavar uma sepultura e enterrar meus pensamentos e verdades entre os espinhos que a cercam? O que devo fazer, Miriam?

Ao ouvir essas palavras, ela estremeceu como um lírio diante da brisa brincalhona do alvorecer. Seu coração brilhou pelos olhos quando ela vacilou.

— Nós dois estamos nas mãos de um poder misterioso e misericordioso. Vamos fazer conforme ditar sua vontade.

Naquele momento, os dois corações se uniram e, dali em diante, os dois espíritos se tornaram uma única tocha ardente que iluminava a vida deles.

PARTE 5

Desde o início da criação e até o nosso tempo presente, certos clãs, ricos por meio de heranças, e em cooperação com o clero, apontaram a si mesmos como administradores de pessoas. É uma chaga antiga e ainda aberta no coração da sociedade que não pode ser extraída, exceto pela remoção intensa da ignorância.

O homem que adquire fortuna pela herança constrói sua mansão com o dinheiro daqueles que são pobres e frágeis. O clero ergue seu templo sobre as sepulturas e ossos dos fiéis e devotos. O príncipe agarra os braços do camponês enquanto o padre lhe esvazia os bolsos; o governante olha para os filhos dos campos com uma face sisuda e o bispo os consola com um sorriso. E entre a severidade do tigre e o sorriso do lobo, faz-se perecer o rebanho. O governante se declara o rei das leis e o padre, o representante de Deus; e entre estes dois, os corpos são destruídos e as almas murcham até não restar nada.

No Líbano, essa montanha rica em luz do sol e pobre em conhecimento, o nobre e o padre deram as mãos para explorar o fazendeiro que lavra a terra e colhe as plantas para se proteger da espada do governante e das maldições do sacerdote. O homem rico, no Líbano, ergueu-se orgulhosamente diante de seu palácio e gritou para as multidões, dizendo:

— O sultão me indicou como seu senhor.

E o padre se ergue diante do altar, dizendo:

— Deus me delegou o poder de zelar pela alma de vocês.

Mas os libaneses se resignaram ao silêncio, pois os mortos são incapazes de falar.

Khalil
Gibran

Em seu coração, o sheik Abbas tinha amizade pelo clero porque os sacerdotes eram seus aliados ao estrangular o conhecimento das pessoas e reviver o espírito da obediência estrita entre os trabalhadores.

Naquela noite, quando Khalil e Miriam se aproximavam do trono do Amor e Rachel os observava com olhos de afeição, o padre Elias informou ao sheik Abbas que o abade havia expulsado um jovem rebelde do convento e que ele havia se refugiado na casa de Rachel, a viúva de Samaan Ramy. E o padre não ficou satisfeito com a pouca informação que dera ao sheik, então comentou:

— O demônio que escorraçaram do convento não pode se tornar um anjo neste vilarejo, e a figueira que é cortada e jogada ao fogo não dá frutos quando queima. Se quisermos limpar a vila da sujeira dessa criatura, devemos expulsá-la, assim como fizeram os monges.

E o sheik respondeu:

— Tem certeza de que o rapaz será uma má influência para o nosso povo? Não é melhor mantê-lo aqui e fazer com que trabalhe em nossos vinhedos? Precisamos de homens fortes.

O rosto do padre exibiu sua discordância. Passando os dedos pela barba, ele disse, insidiosamente:

— Se fosse apto para o trabalho, não teria sido expulso do convento. Um estudante que trabalha no convento, e que dormiu em minha casa na noite passada, informou-me que aquele rapaz violou as regras do abade, pregando ideias perigosas entre os monges. E relatou que o ouviu dizer assim: "Devolvam os campos, os vinhedos e a prata do convento aos pobres e a espalhem em todas as direções; e ajudem as pessoas que precisam de conhecimento. Agindo assim, trareis alegria ao Pai que está no Céu".

Ao ouvir tais palavras, o sheik Abbas se levantou em um salto. E, como um tigre que se prepara para atacar a vítima, foi até a porta e chamou seus servos, ordenando que viessem imediatamente à presença dele. Três homens entraram, e o sheik ordenou:

— Na casa de Rachel, a viúva de Samaan Ramy, há um rapaz que veste o traje de um monge. Amarrem-no e o tragam aqui. Se a mulher protestar contra a prisão, arrastem-na sobre a neve pelos cabelos trançados e a tragam com ele, pois quem ajuda o mal também tem o mal dentro de si.

Os homens se curvaram obedientemente e correram até a casa de Rachel, enquanto o padre e o Sheik discutiam o tipo de castigo que seria dado a Khalil e à viúva.

Khalil Gibran

Parte 6

O dia havia terminado e a noite caiu, espalhando sua sombra sobre os casebres humildes, cobertos por uma grossa camada de neve. As estrelas finalmente apareceram no céu, como pontos de esperança na eternidade que se aproxima depois de sofrerem a agonia da morte. As portas e janelas estavam fechadas e as lamparinas, acesas. Os aldeões estavam sentados ao redor da lareira, aquecendo o corpo. Rachel, Miriam e Khalil estavam sentados em volta de uma mesa tosca de madeira, fazendo sua refeição noturna, quando ouviram bater na porta e três homens entraram. Rachel e Miriam ficaram assustadas, mas Khalil continuou calmo, como se aguardasse pela chegada desses homens. Um dos servos do sheik veio andando em direção a Khalil, colocou a mão no ombro dele e perguntou:

— Você é aquele que foi expulso do convento?

E Khalil respondeu:

— Sim, sou eu. O que você quer?

O homem explicou:

— Temos ordens de prendê-lo e levá-lo até a casa do sheik Abbas. Se protestar, nós o arrastaremos à força, como um carneiro eviscerado pela neve.

Rachel empalideceu e exclamou:

— Que crime ele cometeu? E por que vocês querem amarrá-lo e levá-lo daqui?

As duas mulheres imploraram, com a voz chorosa.

— Ele é um indivíduo nas mãos de três, e é uma covardia fazê-lo sofrer.

Os homens ficaram enraivecidos e gritaram:

— Há alguma mulher nesta vila que se opõe às ordens do sheik?

E, com isso, um deles pegou uma corda e começou a amarrar as mãos de Khalil. Este ergueu a cabeça, orgulhosamente, e um sorriso triste apareceu em seus lábios quando disse:

— Lamento por vocês, homens, porque são um instrumento forte e cego nas mãos de um homem que oprime os fracos com a força de braços como os seus. Vocês são escravos da ignorância. Ontem, eu era um homem como vocês. Mas, amanhã, vocês terão a mente livre, assim como tenho agora. Entre nós há um precipício profundo, que embarga a minha voz e esconde a minha realidade de vocês, que não conseguem ouvi-la ou vê-la. Aqui estou, então. Amarrem minhas mãos e façam o que quiser.

Os três homens ficaram tocados por aquele discurso, e pareceu que a voz de Khalil despertou neles um novo espírito, mas a do sheik Abbas ainda

Khalil
Gibran

retinia na mente deles, avisando-os para cumprir a missão. Eles amarraram as mãos de Khalil e o levaram silenciosamente, com a consciência pesada. Rachel e Miriam os seguiram até a residência do sheik, como as filhas de Jerusalém que seguiram Cristo até o Monte Calvário.

Parte 7

Independentemente de sua importância, as notícias correm depressa entre os aldeões nos pequenos vilarejos, pois sua ausência do reino da sociedade os deixa ansiosos e ocupados, discutindo os acontecimentos de seus ambientes limitados. No inverno, quando os campos dormem sob as colchas de neve e a vida humana se refugia e se aquece diante do fogo, os aldeões ficam mais inclinados a saber das notícias do dia para se ocupar.

Não demorou muito tempo depois que Khalil foi preso até que a história se espalhasse como uma doença contagiosa entre os aldeões. Eles deixaram as cabanas e correram como um exército, vindos de todas as direções com destino à casa do sheik Abbas. Quando Khalil entrou na residência do sheik, ela estava abarrotada de homens, mulheres e crianças, ávidos por vislumbrar o infiel que havia sido expulso do convento. Também estavam ansiosos por ver Rachel e a filha, que haviam ajudado Khalil a espalhar a doença infernal da heresia sob o céu puro do vilarejo.

O sheik tomou o assento do julgamento e, ao lado dele, sentou-se o padre Elias, enquanto a multidão olhava para o jovem amarrado que se erguia corajosamente perante ambos. Rachel e Miriam estavam ao lado de Khalil, tremendo de medo. Mas o que o temor pode fazer ao coração de uma mulher que encontrou a Verdade e a seguiu? O que o escárnio de uma turba pode fazer à alma de uma donzela que foi despertada pelo Amor? O sheik Abbas olhou para o rapaz e, com uma voz trovejante, começou a interrogá-lo, dizendo:

— Qual é o seu nome, homem?

— Khalil é o meu nome — respondeu o jovem. O sheik prosseguiu:

— Quem são seu pai, sua mãe e seus parentes, e onde você nasceu?

Khalil se virou para os aldeões, que o observavam com olhares de ódio, e disse:

— Os pobres oprimidos são o meu clã e meus parentes. E este vasto país é o lugar onde nasci.

O sheik Abbas, com um ar de zombaria, disse:

— Essas pessoas com quem você afirma ter parentesco exigem que seja punido, e o país onde afirma ter nascido nega que seja membro de seu povo.

Khalil Gibran

Khalil respondeu:

— As nações ignorantes prendem os bons homens e os transformam em déspotas. E um país governado por um tirano persegue aqueles que tentam libertar o povo do jugo da escravidão. Mas um bom filho abandona a mãe se ela estiver doente? Um homem misericordioso nega ajuda a um irmão angustiado? Os pobres homens que me prenderam e me trouxeram até aqui hoje são os mesmos que entregaram a vida a você ontem. E esta vasta terra que desaprova minha existência é a mesma que não boceja e engole os déspotas cheios de cobiça.

O sheik soltou uma longa gargalhada, como se quisesse oprimir o espírito do jovem e impedir que influenciasse a plateia. Ele olhou para Khalil e disse, de maneira impressionante:

— Seu pastor de gado, você acha que vamos mostrar mais piedade do que fizeram os monges que o expulsaram do convento? Acha que sentimos pena de um agitador perigoso?

Khalil respondeu:

— É verdade que eu era um pastor de gado, mas fico feliz por não ter sido um açougueiro. Levei meus rebanhos até os melhores pastos e nunca os fiz pastar em terras áridas. Conduzi meus animais até fontes cristalinas e os mantive longe de pântanos contaminados. À noite, eu os levava em segurança até o curral e nunca os deixava nos vales, como presas para os lobos. Assim tratei os animais. E, se você tivesse feito como eu e tratado os seres humanos como tratei meu rebanho, essas pessoas não morariam em casebres insalubres, nem sofreriam as dores da pobreza, enquanto você vive como Nero nesta bela mansão.

A testa do sheik brilhava com gotas de suor, e seu sorriso irônico se transformou em raiva, mas ele tentou demonstrar apenas calma, fingindo que o discurso de Khalil não o atingia. E retrucou, apontando o dedo para Khalil:

— Você é um herege, e não escutaremos mais essa conversa ridícula; nós o trouxemos aqui para ser julgado como criminoso. E você sabe que está na presença do senhor desta vila, com plenos poderes para representar sua excelência, o emir Ameen Shehab. Você está diante do padre Elias, o representante da Sagrada Igreja, a cujos ensinamentos você se opôs. Agora, defenda suas ações ou se ajoelhe perante essas pessoas. E nós o perdoaremos e o tornaremos novamente um pastor de gado, como você fazia no convento.

Khalil respondeu calmamente:

— Um criminoso não deve ser julgado por outro criminoso, assim como um ateu não se defenderá diante de pecadores.

E Khalil olhou para as pessoas ao redor e disse:

Khalil
Gibran

— Meus irmãos, o homem a quem vocês chamam de senhor de seus campos e a quem se curvaram por tanto tempo me trouxe até aqui para ser julgado perante vocês neste edifício que ele construiu sobre a sepultura de seus ancestrais. E o homem que se tornou pastor da igreja por meio da fé que vocês têm veio para me julgar, ajudar a me humilhar e aumentar meu sofrimento. Vocês vieram correndo de todos os lugares até aqui para me ver sofrer e me ouvir implorar por clemência. Deixaram sua cabana para testemunhar seu filho e irmão amarrado e aprisionado. Vieram até aqui para ver a presa tremer entre as garras de uma fera voraz. Vieram até aqui para ver um infiel perante seus juízes. Eu sou o criminoso e o herege que foi expulso do convento. A tempestade me trouxe até o seu vilarejo. Escutem meu protesto e não sejam misericordiosos, e sim justos, pois a misericórdia é dada ao criminoso culpado enquanto a justiça é tudo que um homem inocente requer.

— Escolho vocês agora como meu júri, porque a vontade do povo é a vontade de Deus. Despertem seu coração e escutem atentamente, e depois me julguem conforme os conselhos da sua consciência. Vocês ouviram dizer que eu sou um infiel, mas não foram informados do crime ou do pecado que cometi. Viram-me amarrado como um ladrão, mas não ouviram nada sobre meus crimes, pois malfeitos não são revelados nesta corte, embora os castigos nos recaiam como trovões. Meu crime, caros irmãos, é compreender a sua penúria, pois senti o peso dos grilhões que foram colocados em seu pescoço. Meu pecado é a minha tristeza sincera pelas mulheres de vocês. É a simpatia por seus filhos, que sugam a vida do seu seio misturada com a sombra da morte. Sou um de vocês, e meus antepassados viveram nestes vales e morreram sob o mesmo cabresto que os força a baixar a cabeça agora. Acredito que Deus ouve o chamado de sua alma agoniada, e acredito no Livro que torna todos nós irmãos perante a face do céu. Acredito nos ensinamentos que nos fazem iguais uns aos outros, e que nos libertam sobre esta terra, o lugar onde pisam os pés cuidadosos de Deus.

— Enquanto cuidava das minhas vacas que pastavam no convento e contemplava as condições árduas que vocês toleram, ouvi um grito desesperado que vinha de sua casa empobrecida. O grito de almas oprimidas; o grito de corações partidos, que estão trancados em seu corpo como escravos do senhor destes campos. Quando olhei, vi-me no convento e vocês nos campos, e vi vocês como um rebanho de ovelhas que seguiam um lobo até sua toca; e, quando parei no meio da estrada para ajudar as ovelhas, gritei por auxílio, e o lobo me agarrou com seus dentes afiados.

— Suportei a prisão, a sede e a fome em razão da Verdade que machuca apenas o corpo. Passei por sofrimentos além de toda a resistência, porque transformei seus suspiros tristes em um grito que ecoou por cada canto do convento. Nunca senti medo, e meu coração nunca se cansou, pois seu grito doloroso injetava em mim uma força renovada a cada dia. E meu coração continuava saudável. Vocês podem perguntar a si mesmos agora: Quando foi que pedimos ajuda, e quem se atreve a abrir os lábios? Mas eu lhes digo que sua alma chora a cada dia e implora por socorro a cada noite. Mas vocês não conseguem ouvi-la, pois o homem moribundo não pode escutar os estertores do próprio coração, embora aqueles que estejam ao lado de seu leito os ouçam com clareza. O pássaro morto, apesar da própria vontade, dança dolorosamente e sem saber, mas aqueles que testemunham essa dança sabem o que a causou. A que hora do dia vocês suspiram de dor? Pela manhã, quando o amor da existência grita e arranca o véu do sono que lhes cobre os olhos e os leva como escravos aos campos? Ao meio-dia, quando desejam se sentar sob uma árvore para se proteger do sol que queima? Ou ao cair da tarde, quando retornam famintos para casa, desejando uma refeição reforçada em vez de alguns bocados minguados e água impura? Ou à noite, quando a fadiga os joga em sua cama dura, e assim que o sono lhes fecha os olhos, vocês se erguem e os abrem de novo, temendo que a voz do sheik ribombe em suas orelhas?

— Em que estação do ano vocês não se lamentam? Na primavera, quando a natureza se traja com um belo vestido e vocês vão ao seu encontro com roupas esfarrapadas? Ou no verão, quando colhem o trigo, amarram os fardos de milho e enchem as prateleiras do seu mestre com a colheita, mas quando chega a hora da partilha vocês não recebem nada além de feno e joio? No outono, quando colhem as frutas e levam as uvas até a prensa? E, como recompensa pelo trabalho, recebem um jarro de vinagre e um cesto de bolotas de carvalho? Ou no inverno, quando estão confinados em seu casebre coberto de neve e se sentam diante do fogo, tremendo quando a fúria dos céus os impele a escapar de sua mente fraca?

— Essa é a vida dos pobres. Esse é o grito perpétuo que eu ouço. É isso que faz meu espírito se revoltar contra os opressores e desprezar sua conduta. Quando pedi aos monges que tivessem piedade de vocês, eles pensaram que eu era ateu, e meu castigo foi a expulsão. Hoje venho aqui para compartilhar esta vida miserável com vocês, e misturar minhas lágrimas com as suas. Aqui estou agora, nas garras do seu pior inimigo. Vocês percebem que esta terra na qual vocês trabalham como escravos foi tirada de seus pais quando a lei foi escrita com o fio da espada? Os monges enganaram seus ancestrais e tiraram todos os seus campos e vinhedos quando as regras religiosas foram escritas nos lábios dos sacerdotes. Que homem ou mulher não se deixa influenciar pelo senhor dos campos a agir de acordo com a

Khalil
Gibran

vontade dos padres? Deus disse: "Com o suor de vossa testa, comereis do vosso pão". Mas o sheik Abbas come o pão assado nos anos de sua vida e bebe o vinho misturado com suas lágrimas. Deus distinguiu esse homem do resto de vocês enquanto estava no ventre da mãe? Ou foi o pecado que os transformou em propriedade dele? Jesus disse: "De graça recebestes, de graça dai... Não possuais nem ouro, nem prata, nem dinheiro". Então, que ensinamentos permitem que os clérigos vendam suas orações em troca de moedas de ouro e prata? No silêncio da noite vocês oram, dizendo: "O pão nosso de cada dia nos dai hoje". Deus lhes deu esta terra, de onde podem tirar o pão de cada dia, mas que autoridade Ele deu aos monges para tirar a terra e o pão de vocês?

— Vocês amaldiçoam Judas porque ele vendeu o mestre por algumas moedas de prata, mas bendizem aqueles que O vendem todos os dias. Judas se arrependeu e se enforcou por seus malfeitos, mas aqueles padres andam orgulhosamente, vestidos com belos mantos, resplandecendo com cruzes brilhantes penduradas sobre o peito. Vocês ensinam seus filhos a amar Cristo, ao mesmo tempo que os instruem a obedecer a aqueles que se opõem aos Seus ensinamentos e violam Sua lei.

— Os apóstolos de Cristo foram apedrejados até a morte para reviver em vocês o Espírito Santo, mas os monges e os padres estão matando o seu espírito para que possam viver da bonança que vocês produzem. O que os persuade a viver uma vida assim, neste universo repleto de miséria e opressão? O que os impele a se ajoelhar perante esse ídolo horrendo erguido sobre os ossos de seus pais? Que tesouro vocês estão reservando para a posteridade?

— A alma de vocês está nas garras dos padres e o corpo, nas mandíbulas dos governantes. Ao que na vida vocês podem apontar e dizer: "Isto é meu!"? Meus irmãos, vocês conhecem o padre que temem? Ele é um traidor que usa a Palavra como ameaça para lhes arrancar dinheiro... Um hipócrita que carrega um crucifixo e o usa como uma espada para lhes cortar as veias... Um lobo disfarçado em pele de carneiro... Um glutão que respeita as mesas mais do que os altares... Uma criatura faminta por ouro que segue o dinar até as terras mais longínquas... Um trapaceiro que rouba das viúvas e dos órfãos. É um ser bizarro, com o bico de uma águia, as garras de um tigre, os dentes de uma hiena e os trajes de uma víbora. Tirem-lhe o Livro, removam-lhe os trajes, arranquem-lhe a barba e façam o que quiser com ele; em seguida, coloquem um dinar em sua mão e ele os perdoará, todo sorridente.

— Batam no rosto dele, cuspam-lhe e pisem em seu pescoço; depois, convidem-no para se sentar à sua mesa. Ele imediatamente se esquecerá de

Khalil
Gibran

tudo, desafivelará o cinto e encherá alegremente a barriga com a comida de vocês.

— Insultem-no e o ridicularizem; em seguida, enviem-lhe um jarro de vinho e uma cesta de frutas. Ele perdoará todos os seus pecados. Quando vê uma mulher, ele vira o rosto, dizendo "afaste-se de mim, filha da Babilônia". Depois, sussurra para si mesmo, dizendo: "Casar-se é melhor do que cobiçar". Ele vê os homens e mulheres jovens caminhando na procissão do Amor, ergue os olhos para o céu e diz: "Vaidade das vaidades, tudo é vaidade". E, em sua solidão, conversa consigo mesmo, afirmando: "Que as leis e tradições que me negam as alegrias da vida sejam abolidas".

— Ele prega para as pessoas, dizendo: "Não julguem para não ser julgados". Mas julga a todos que rejeitam suas ações e os manda para o inferno antes que a Morte os separe desta vida.

— Quando fala, ele ergue a cabeça para o céu, mas, ao mesmo tempo, seus pensamentos rastejam como cobras pelos bolsos de vocês.

— Ele lhes fala como se fossem seus filhos queridos, porém seu coração está vazio de amor paterno. Seus lábios nunca sorriem para uma criança, e ele também não pega bebês nos braços.

— Ele lhes diz, balançando a cabeça: "Afastemo-nos das coisas mundanas, pois a vida passa como uma nuvem". Mas, se olharem com atenção, perceberão que ele se prende à vida, lamentando a passagem do dia de ontem, condenando a velocidade do dia de hoje e esperando amedrontado pelo amanhã.

— Pede a todos que exerçam a caridade, quando tem muito para dar; se atenderem a esse pedido, ele os abençoará publicamente, e, se recusarem, vai amaldiçoá-los secretamente.

— No templo, ele pede a vocês que ajudem os necessitados, enquanto, ao redor da casa dele, os necessitados imploram por pão. Mas ele não consegue vê-los, nem os ouvir.

— Ele vende suas preces, e quem não as compra é um infiel, excomungado do Paraíso.

— Essa é a criatura que vocês temem. Esse é o monge que suga seu sangue. Esse é o padre que faz o sinal da Cruz com a mão direita e aperta sua garganta com a esquerda.

— Esse é o pastor que vocês indicam como seu servo, mas ele indica a si mesmo como seu mestre.

— Essa é a sombra que abraça a alma de vocês, desde o nascimento até a morte.

— Esse é o homem que veio para me julgar esta noite, porque meu espírito se revoltou contra os inimigos de Jesus, o Nazareno, que amava todos e nos chamava de irmãos, e que morreu na Cruz por nós.

Khalil
Gibran

Khalil sentiu que havia compreensão no coração dos aldeões. Sua voz ganhou brilho, e ele continuou com o discurso, dizendo:

— Irmãos, vocês sabem que o sheik Abbas foi apontado como mestre deste vilarejo pelo emir Shehab, o representante do sultão e governador da província. Mas eu lhes pergunto se alguém viu se esse poder apontou o sultão como o deus deste país. Esse Poder, meus irmãos, não pode ser visto, nem vocês podem o ouvir falar. Mas podem sentir sua existência nas profundezas de seu coração. É esse Poder que vocês veneram e para o qual oram todos os dias, dizendo "Pai Nosso, que estais no céu". Sim, seu Pai que está no céu é quem aponta reis e príncipes, pois Ele é poderoso e está acima de todos. Mas vocês creem que o seu Pai, que os amou e lhes mostrou o caminho correto por intermédio de seus profetas, deseja que vocês sejam oprimidos? Acreditam que Deus, que faz cair a chuva dos céus e traz o trigo das sementes escondidas no coração da terra, deseja que vocês passem fome para que um único homem desfrute de Sua bonança? Acreditam que o Espírito Eterno, que revela o amor da sua esposa, a piedade das crianças e a misericórdia dos vizinhos, imporia um tirano que os escravizaria por toda a vida? Acreditam que a Lei Eterna que tornou a vida bonita os enviaria um homem para negar essa felicidade e levá-los rumo às masmorras escuras de uma morte dolorosa? Acreditam que sua força física, uma dádiva da natureza, pertence aos ricos que estão além de seu corpo?

— Vocês não podem acreditar em todas essas coisas. Se o fizerem, estarão negando a justiça de Deus, que nos fez todos iguais, e a luz da Verdade, que brilha sobre todas as pessoas na terra. O que os faz lutar contra si mesmos, coração contra corpo, e ajudar quem os escravizam, embora Deus os tenha criado livres nesta terra?

— Estão fazendo justiça a si mesmos quando erguem os olhos ao Deus Todo-Poderoso e o chamam de Pai, mas, em seguida, viram-lhe as costas, baixam a cabeça para um homem e o chamam de mestre?

— Estão contentes, como filhos de Deus, em ser escravos de um homem? Cristo não os chamou de irmãos? Mesmo assim, o sheik Abbas os chama de servos. Jesus não os fez livres em Verdade e Espírito? Mesmo assim, o emir os fez escravos da vergonha e da corrupção. Cristo não exaltou vocês aos céus? Então, por que estão descendo ao inferno? Ele não iluminou o coração de vocês? Então, por que escondem sua alma nas trevas? Deus colocou uma tocha ardente em seu coração, que brilha com conhecimento e beleza, e busca os segredos dos dias e noites. É um pecado apagar essa tocha e enterrá-la em cinzas. Deus criou o espírito de vocês com asas para voar no amplo firmamento do Amor e Liberdade; é uma pena que

Khalil
Gibran

cortem as próprias asas e torturem seu espírito para rastejar como insetos sobre a terra.

O sheik Abbas observou, consternado, a atenção que os aldeões estavam prestando e tentou interromper, entretanto Khalil, inspirado, prosseguiu:

— Deus plantou no coração de vocês as sementes da Felicidade; é um crime que as arranquem e joguem por vontade própria sobre as rochas para que o vento as espalhe e os pássaros venham comê-las. Deus lhes deu filhos para criar, para lhes ensinar a verdade e encher o coração deles com o que há de mais precioso em toda a existência. Deus quer que vocês deixem aos seus filhos o legado da alegria e bonança da Vida. Por que agora eles são estranhos no lugar onde nasceram e criaturas frias diante da face do sol? Um pai que faz de seu filho um escravo é o pai que dá uma pedra ao filho quando a criança pede pão. Não viram os pássaros no céu treinando seus filhotes para voar? Por que, então, vocês ensinam seus filhos a arrastar os grilhões da escravidão? Não viram as flores dos vales depositarem suas sementes na terra aquecida pelo sol? Então, por que entregam seus filhos à escuridão fria?

O silêncio prevaleceu por um momento, e parecia que a mente de Khalil estava abarrotada pela dor. Mas agora, com uma voz mais baixa e convincente, ele continuou:

— As palavras que profiro hoje são as mesmas expressões que causaram minha expulsão do convento. Se o senhor dos seus campos e o pastor da sua igreja quiserem me atacar e me matar esta noite, vou morrer feliz e em paz, porque cumpri minha missão e revelei a vocês a Verdade que os demônios consideram um crime. Agora, completei a vontade de Deus Todo-Poderoso.

Havia uma mensagem mágica na voz de Khalil que incitava o interesse dos aldeões. As mulheres eram tocadas pela doçura da paz e seus olhos estavam repletos de lágrimas.

O sheik Abbas e o padre Elias estremeciam de raiva. Quando Khalil terminou, deu alguns passos e parou perto de Rachel e Miriam. O silêncio dominou a corte. E parecia que o espírito de Khalil pairava naquele amplo salão e afastava a alma da multidão do temor que sentia pelo sheik Abbas e pelo padre Elias, que continuavam sentados, tremendo de irritação e culpa.

O sheik se levantou subitamente, e o rosto dele estava pálido. Olhou para os homens que estavam ao redor e disse:

— O que aconteceu com vocês, seus cães? O coração de vocês foi envenenado? Seu sangue parou de correr e os enfraqueceu? Não podem saltar sobre esse criminoso e cortá-lo em pedaços? Que coisa horrível ele fez com vocês? Ao terminar de repreender os homens, ele empunhou uma espada e andou na direção do rapaz amarrado.

O sheik tremia visivelmente, e a espada caiu de suas mãos. Dirigiu-se ao homem, dizendo:

— Um servo fraco vai se opor a seu mestre e benfeitor?

E o homem respondeu:

— O servo fiel não compartilha o cometimento de crimes com seu mestre; este jovem não disse nada além da verdade.

Outro homem deu um passo adiante e declarou:

— Este homem é inocente e digno de honra e respeito.

E uma mulher ergueu a voz, dizendo:

— Ele não insultou a Deus nem maldisse nenhum santo; por que você o chama de herege?

E Rachel perguntou:

— Qual é o crime dele?

O sheik gritou:

— Você é uma rebelde, sua viúva miserável! Esqueceu-se do destino de seu marido, que se tornou um rebelde há seis anos?

Ao ouvir aquelas palavras impulsivas, Rachel estremeceu com um ódio doloroso, pois havia descoberto o assassino do marido. Sufocou as lágrimas, olhou para a turba reunida e exclamou:

— Aqui está o criminoso que vocês vêm tentando encontrar há seis anos; vocês o ouviram confessar sua culpa. Ele é o assassino que está escondendo seu crime. Olhem para ele e observem seu rosto; estudem-no bem e percebam seu medo. Ele treme como a última folha da árvore no inverno. Deus lhes mostrou que o Mestre que vocês sempre temeram é um criminoso, um assassino. Ele me tornou uma viúva entre estas mulheres, e fez da minha filha uma órfã entre estas crianças.

As palavras de Rachel caíram como um trovão sobre a cabeça do sheik; a gritaria dos homens e a exaltação das mulheres desabaram sobre ele como tições em brasa.

O padre ajudou o sheik a voltar ao seu assento. Em seguida, chamou os servos e lhes ordenou, dizendo:

— Prendam essa mulher, que falsamente acusou seu mestre de matar o marido; arrastem-na com o jovem para uma prisão escura, e qualquer um que se oponha a vocês será considerado criminoso e, assim como ele, excomungado da Santa Igreja.

Os servos não deram atenção ao comando, permanecendo imóveis e olhando fixamente para Khalil, que ainda estava preso com as cordas. Rachel estava à direita dele e Miriam à esquerda, como um par de asas prontas para levantar voo rumo ao amplo céu da Liberdade.

Khalil Gibran

Com a barba tremendo pela raiva, o padre Elias disse:

— Estão negando seu mestre em favor de um criminoso infiel e uma adúltera desavergonhada?

E o mais velho dos servos respondeu, dizendo:

— Nós servimos o sheik Abbas por muito tempo em troca de pão e abrigo, mas nunca fomos escravos dele.

Dizendo isso, o servo tirou o manto e o turbante que vestia e os jogou diante do sheik, acrescentando:

— Não preciso mais destes trajes, assim como não desejo que minha alma sofra na casa diminuta de um criminoso.

E todos os outros servos fizeram o mesmo e se juntaram à multidão, cujo rosto estava radiante de alegria, o símbolo da Liberdade e da Verdade. O padre Elias finalmente se deu conta de que sua autoridade havia desmoronado e saiu da casa maldizendo a hora que trouxera Khalil ao vilarejo. Um homem forte se aproximou de Khalil e desamarrou as mãos dele; depois, olhou para o sheik Abbas, que estava caído como um cadáver em sua cadeira, e corajosamente lhe falou:

— Este jovem que você aprisionou e trouxe aqui para ser julgado esta noite como um criminoso elevou nosso espírito deprimido e iluminou nosso coração com a Verdade e o Conhecimento.

E esta pobre viúva a quem o padre Elias se referiu como falsa acusadora nos revelou o crime que você cometeu há seis anos. Viemos aqui hoje para testemunhar o julgamento de um jovem inocente e uma alma nobre. Agora, o céu nos abriu os olhos e mostrou sua atrocidade. Vamos deixá-lo, ignorá-lo e permitir que o céu aja como desejar.

Muitas vozes se ergueram naquele salão, e era possível ouvir um homem dizer:

— Vamos sair desta residência desprezível e voltar para nosso lar!

Outro comentou:

— Sigamos este jovem até a casa de Rachel e escutemos seus conselhos e sabedoria consoladora.

E um terceiro disse também:

— Procuremos suas opiniões, pois ele conhece nossas necessidades.

E um quarto ainda exclamou:

— Se estamos buscando justiça, vamos reclamar ao emir e lhe contar sobre o crime de Abbas.

E muitos outros estavam dizendo:

— Vamos pedir ao emir que aponte Khalil como nosso mestre e governante, e dizer ao bispo que o padre Elias foi cúmplice nesses crimes.

Enquanto as vozes se erguiam e caíam sobre as orelhas do sheik como flechas pontiagudas, Khalil ergueu as mãos e acalmou os aldeões, dizendo:

Khalil Gibran

— Irmãos, não tenham pressa. Em vez disso, escutem e meditem. Peço-lhes, em nome do amor e da amizade que tenho por vocês: não vão até o emir, pois não encontrarão justiça. Lembrem-se de que uma fera voraz não ataca outra como ela. E vocês também não devem ir até o bispo, pois ele bem sabe que a casa fendida por dentro desmoronará. Não peçam ao emir que me indique como sheik deste vilarejo, uma vez que o servo fiel não gosta de ser o auxiliar de um mestre maligno. Se eu merecer sua gentileza e amor, consintam que eu viva entre vocês e compartilhe as alegrias e tristezas da vida. Permitam que eu estenda a mão e trabalhe com vocês em casa e nos campos, pois, se não puder fazer de mim mesmo alguém como vocês, serei um hipócrita que não vive de acordo com o próprio sermão. E agora que o machado golpeou a raiz da árvore, deixemos o sheik Abbas sozinho no tribunal de sua consciência e diante da Suprema Corte de Deus, cujo sol brilha sobre os inocentes e os criminosos.

Ao dizer isso, ele deixou o lugar. E a multidão o seguiu como se houvesse um poder divino em Khalil que atraía o coração das pessoas. O sheik ficou sozinho em meio à terrível quietude, como uma torre destruída, sofrendo a derrota em silêncio, como um comandante que se rende. Quando a multidão chegou ao pátio da igreja e a lua começava a surgir por trás das nuvens, Khalil olhou para as pessoas com olhos de amor, como um bom pastor que cuida de seu rebanho. Ficou emocionado e simpatizou com os aldeões, que simbolizavam uma nação oprimida; e se firmou como um profeta que via todas as nações do oriente caminhando pelos vales, arrastando almas vazias e corações pesados.

Ergueu as duas mãos para o céu e disse:

— Do fundo dessas profundezas, chamamos por vós, ó, Liberdade. Ouve-nos! Por trás da escuridão erguemos nossas mãos para ti, ó, Liberdade. Enxerga-nos! Sobre a neve te veneramos, ó, Liberdade. Tem piedade de nós! Perante vosso trono, nós nos erguemos, levando em nosso corpo os trajes ensanguentados de nossos antepassados, cobrindo nossa cabeça com a poeira da sepultura misturada com seus restos mortais, carregando as espadas que perfuraram o coração deles, arrastando as correntes que refrearam seus passos, gritando o mesmo grito que feriu sua garganta, lamentando e repetindo a canção de nosso fracasso que ecoou por toda a prisão e repetindo as preces que vieram das profundezas do coração de nosso pai. Escuta-nos, ó, Liberdade, e ouve. Do Nilo até o Eufrates vem o lamento das almas que sofrem, em uníssono com o choro do abismo; e do fim do Oriente até as montanhas do Líbano, mãos se estendem a vós, tremendo com a presença da Morte. Da orla do mar até os confins do deserto,

Khalil
Gibran

olhos repletos de lágrimas se dirigem, suplicantes, para vós. Venha, ó, Liberdade, e nos salve.

— Nos casebres humildes que se erguem à sombra da pobreza e opressão, eles batem no peito, implorando vossa clemência; guarda-nos, ó, Liberdade, e tem piedade de nós. Nos caminhos e nas casas, a juventude angustiada chama por ti; nas igrejas e nas mesquitas, o Livro esquecido se vira para ti; nas cortes e nos palácios, a Lei desprezada apela para ti. Tem piedade de nós, ó, Liberdade, e nos salve. Em nossas ruas estreitas o mercador vende seus dias para pagar tributos aos ladrões exploradores do Ocidente, e ninguém lhe dá conselho algum. Nos campos inférteis, o camponês lavra o solo, planta as sementes de seu coração e as nutre com suas lágrimas, mas não colhe nada além de espinhos, e ninguém lhe ensina o verdadeiro caminho. Em nossas planícies áridas, os beduínos vagam descalços e famintos, porém ninguém tem piedade deles; fale, ó, Liberdade, e nos ensine! Nossos cordeiros doentes estão pastando em pradarias sem capim, nossos bezerros estão roendo as raízes das árvores e nossos cavalos se alimentam de plantas secas. Venha, ó, Liberdade, e nos ajude. Vivemos nas trevas desde o início e, como prisioneiros, levam-nos de uma prisão a outra, enquanto o tempo zomba de nossa penúria. Quando a manhã vai raiar? Até quando devemos suportar o escárnio das eras? Muitas pedras arrastamos, e vários cabrestos foram colocados em nosso pescoço. Até quando vamos suportar essa afronta humana? A escravidão egípcia, o exílio babilônio, a tirania da Pérsia, o despotismo dos romanos e a cobiça da Europa... Tudo isso nós sofremos. Para onde vamos agora, e quando alcançaremos o sublime fim desta estrada laboriosa? Das garras do Faraó até as patas de Nabucodonosor, das mãos de ferro de Alexandre, das espadas de Herodes, das presas de Nero e dos dentes afiados do Demônio... Em quais mãos vamos cair agora, e quando a Morte virá para nos levar para que finalmente possamos descansar?

— Com a força dos nossos braços, nós erguemos as colunas do templo, e em nossas costas levamos a argamassa para construir as grandes muralhas e as impenetráveis pirâmides em nome da glória. Até quando continuaremos a erguer palácios tão magníficos e viver em casebres toscos? Até quando permaneceremos enchendo as despensas dos ricos com provisões, enquanto comemos somente plantas secas para sobreviver? Até quando continuaremos a tecer seda e lã para nossos mestres e senhores, enquanto não vestimos nada além de andrajos esfarrapados?

— Por meio de toda essa maldade, nós nos dividimos; e para manter seus tronos e o poder, armaram o druso para combater o árabe, incitaram o xiita a atacar o sunita, encorajaram o curdo a massacrar o beduíno e estimularam o muçulmano a disputar com o cristão. Até quando um irmão vai continuar matando o próprio irmão sobre o seio da mãe? Até quando a Cruz vai ser mantida longe do Crescente perante os olhos de Deus? Ó, Liberdade, ouve-nos e fala em nome de um único indivíduo, pois um grande incêndio começa com uma pequena fagulha. Ó, Liberdade, desperta ao menos um coração com o farfalhar de tuas asas, pois de uma nuvem solitária vem o relâmpago que ilumina os poços dos vales e os cumes das montanhas. Dispersa, com teu poder, essas nuvens negras. Desce como um trovão e destrói os tronos construídos sobre os ossos e crânios de nossos ancestrais.

Ouve-nos, ó, Liberdade; traz a misericórdia, ó, Filha de Atenas; resgata-nos, ó, Irmã de Roma; aconselha-nos, ó, Companheira de Moisés; ajuda-nos, ó, Amada de Maomé; ensina-nos, ó, Noiva de Jesus; fortalece nosso coração para podermos viver; ou reforça nossos inimigos para podermos perecer e viver em paz eternamente.

Conforme Khalil despejava seus sentimentos diante do céu, os aldeões olhavam para ele com reverência. E o amor deles brotava em uníssono com o som de sua voz, até sentir que ele se tornava parte de seu coração. Depois de um breve silêncio, Khalil baixou os olhos para a multidão e disse, com a voz tranquila:

— A noite nos levou até a casa do sheik Abbas para perceber a luz do dia; a opressão nos prendeu perante o Espaço frio para poder compreender uns aos outros e nos reunir como pintinhos sob as asas do Espírito Eterno. Agora, vamos partir para nossa casa e dormir até nos encontrar de novo amanhã.

Falando assim, ele se afastou, seguindo Rachel e Miriam até o casebre humilde onde moravam. A multidão se separou, e cada um foi para a própria morada, contemplando o que havia visto e ouvido nessa noite memorável. As pessoas sentiam que uma tocha ardente de um novo espírito havia ganhado força em seu âmago e as levara para o caminho certo. Em uma hora, todas as lamparinas estavam apagadas e o Silêncio envolveu todo o vilarejo, enquanto o Sono levou a alma dos camponeses para o mundo dos sonhos fortes. Mas o sheik Abbas não conseguiu dormir naquela noite, enquanto observava os espectros da escuridão e os horríveis fantasmas dos próprios crimes em procissão.

Dois meses já haviam passado, e Khalil continuava a pregar e despejar seus sentimentos no coração dos camponeses, fazendo com que se lembrassem de seus direitos usurpados e lhes mostrando a ganância e opressão dos governantes e monges. Eles o escutavam com cuidado, pois ele era uma fonte de prazer; suas palavras caíam

Khalil Gibran

sobre o coração dos aldeões como chuva em terra sedenta. Em sua solidão, repetiam os ditados de Khalil como faziam com suas preces diárias. O padre Elias veio se aproximar deles para recuperar sua amizade; tornou-se dócil, pois os aldeões descobriram que ele havia sido aliado do sheik em seus crimes e o ignoraram.

O sheik Abbas teve um colapso nervoso e andava por sua mansão como um tigre enjaulado. Dava ordens aos criados, mas ninguém respondia — exceto o eco de sua voz no interior das paredes de mármore. Gritava com seus homens, mas ninguém vinha ajudá-lo — exceto a pobre esposa, que sofria as dores de sua crueldade tanto quanto os aldeões. Quando veio a Quaresma e o céu anunciou a chegada da primavera, os dias do sheik expiraram com a passagem do inverno. Ele morreu após uma longa agonia, e sua alma foi levada sobre o carpete de seus atos para se postar nua e trêmula diante do alto Trono, cuja existência sentimos, mas não podemos enxergar. Os camponeses ouviram várias histórias sobre como o sheik Abbas havia falecido. Alguns diziam que o sheik morrera louco, enquanto outros insistiam que a decepção e o desgosto o haviam levado à morte pelas próprias mãos. Mas as mulheres que foram prestar condolências à esposa disseram que ele morrera de medo, porque o fantasma de Samaan Ramy o caçava e o levava à meia-noite até o lugar onde o marido de Rachel havia sido encontrado morto, seis anos antes.

O mês de nissan proclamou aos aldeões os segredos do amor de Khalil e Miriam. Eles se alegraram pelas boas novas, que garantiam que Khalil continuaria a viver no vilarejo dali por diante. Conforme as notícias alcançaram todos os habitantes dos casebres, eles felicitaram uns aos outros, porque Khalil se tornaria seu estimado vizinho.

Quando a época da colheita chegou, os aldeões foram aos campos e recolheram as espigas de milho e fardos de trigo para a moenda. O sheik Abbas não estava lá para tomar os frutos da colheita e levá-los para seus depósitos. Cada aldeão ficou com o que havia colhido; as cabanas dos camponeses se encheram com bom vinho e milho; seus jarros se encheram com bom vinho e óleo. Khalil compartilhou com eles o trabalho e a felicidade; ajudou na lavoura, prensa das uvas e colheita dos frutos. Nunca se diferenciou de nenhum deles, exceto pelo excesso de amor e ambição. Desde aquele ano e até o nosso tempo presente, cada aldeão naquele vilarejo começou a colher com alegria as plantas que semeava com seu trabalho e esforço. A terra que os aldeões lavravam e os vinhedos que cultivavam se tornaram propriedades deles.

Agora, meio século já se passou desde aquele incidente, e os libaneses despertaram.

Khalil Gibran

A caminho dos Cedros Sagrados do Líbano, a atenção de um viajante é atraída pela beleza daquele vilarejo, erguendo-se como uma noiva na encosta do vale. Os casebres toscos agora são lares confortáveis e felizes, cercados por campos férteis e pomares floridos. Se perguntar a qualquer residente sobre a história do sheik Abbas, ele vai responder apontando o dedo para uma pilha de pedras demolidas e paredes destruídas, dizendo:

— Ali está o palácio do sheik, e esta é a história de sua vida.

E, se você perguntar sobre Khalil, ele vai erguer a mão para o céu, dizendo:

— Lá reside o nosso amado Khalil, cuja história de vida foi escrita por Deus com letras brilhantes nas páginas de nosso coração — e elas não podem ser apagadas pelo tempo.

Impressão e Acabamento
Gráfica Oceano

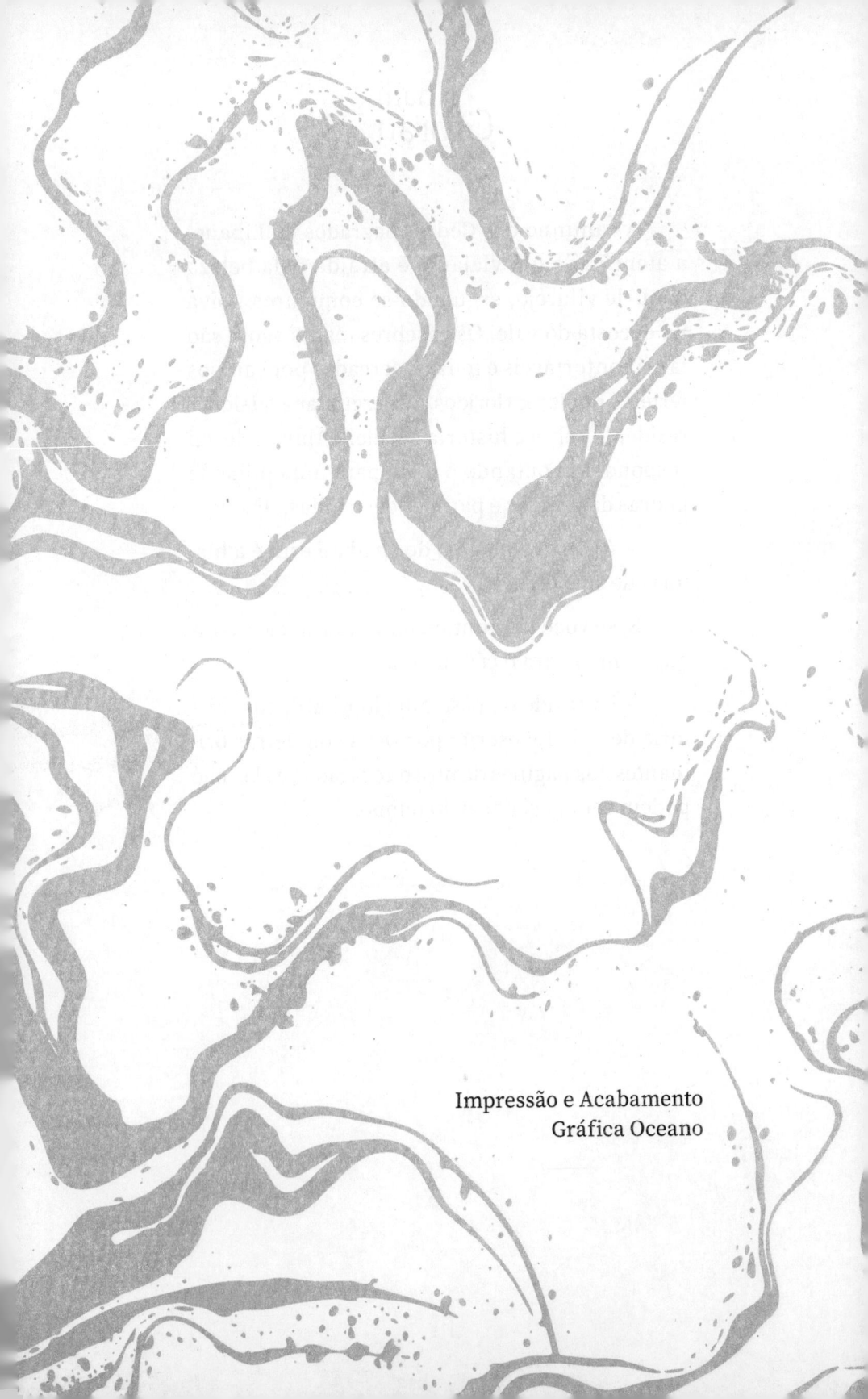